KB104897

문학으로 사랑을 읽다

문학으로
사랑을 읽다

명작으로
배우는
사랑의
법칙

김환영 지음

싱긋

초콜릿 같은
당신의 사랑을 위하여

이 책을 세상의 모든 사랑지상주의자에게 바친다.

　사람은 누구나 적어도 한때는 사랑지상주의자로 산다. 인생의 대부분을 사랑회의주의자, 사랑무관심주의자, 사랑불가지론자로 산다고 해도 말이다.

　사랑에 접근하는 방법에는 여러 가지가 있다. 사랑의 뇌과학이 있고 사랑의 심리학이 있다. 하지만 이 책에서는 사랑의 문학이 접근 방법이다. 사랑이 빠진 문학이나 고전은 없다. 모든 텍스트의 궁극적인 주제는 사랑이다. 더욱이 문학사에서 빠뜨릴 수 없는 걸작 중에는 '사랑문학 고전'이라고 칭할 만한 것들이 있다. 이 책은 '사랑문학 고전' 중에서 20편을 엄선하여 사랑의 핵심적인 다양한 모습을 소개한다.

사랑의 다양한 모습에는 다음과 같은 것이 있다.

- 사랑에도 기본이 필요하다. 아무것도 필요 없는 것이 사랑이지만 기본적인 지식과 지혜, 전략과 전술은 필요하다.
- 권력과 마찬가지로 사랑의 속성은 독점이다.
- 매력은 지성에서 나온다.
- 사랑은 하늘에서 떨어지지 않는다. 사랑은 부지런해야 얻는다.
- 사랑은 군생활이다.
- 사랑은 단거리 경주이자 장거리 경주다.
- 우정은 사랑으로 발전할 수 있다. 그런데 사랑도 우정으로 발전해야 한다.
- 사랑에는 기다림이 필요하다.
- 사랑에는 우여곡절이 있다.
- 사랑에도 공짜 점심은 없다.
- 첫눈에 반하는 사랑이 있고 서서히 타오르는 사랑이 있다.
- 겸손해지고 편견을 버리기만 해도 사랑의 가능성이 열린다.
- 첫인상은 틀릴 수도 있고, 맞을 수도 있다.

· 유치하지 않은 사랑은 사랑이 아니다.

· 사랑은 선택이다.

· 모든 사랑은 운명적이다.

· 매일 첫사랑을 시작하라.

꾸준히 발전하는 사랑이 아름답다. 열병 같은 사랑에서 우정 같은 사랑으로, 영적인 사랑으로 발전하는 사랑은 한마디로 무엇인가. '유효기간 없는 사랑'이다.

딱 하루 투자하여 사랑 전문가가 될 수 있는 길이 있다. 여러분이 지금 손에 쥐고 있는 이 책을 읽는 것이다. 이 책은 진지하고도 심각한 책이다. 반면에 낄낄거리며 읽는 책이기도 하다.

사랑은 기예(技藝)다. 누구나 사랑을 배워 사랑의 달인이 될 수 있다. 이 책이 사랑의 기예 연마에 도움이 되길 꿈꾼다.

1

Pervaya lyubor

이반 투르게네프의
『첫사랑』

"여인의 사랑,
"그 독을 두려워하라."

프랑스에서는 첫사랑을 복수형처럼 '보이는' 'les premières amours레프르미에르자무르, the first loves'로 쓰기도 한다. 하지만 이 표현은 'le premier amour르프르미에라무르, the first love'의 시적 표현일 뿐 사실은 복수가 아니라 단수다. 사람에 따라서는 첫사랑보다 '첫사랑들'이라고 하는 편이 맞는지도 모르겠다.

사랑은 사람을 미치게 만들 수 있다. 사랑에 취하면 약도 없다. 열정적이다. 사람을 시인으로 만들고 모든 유행가 가사를 곧 '내 이야기'로 만든다. 첫사랑은 더하다. 처음 겪는 일이기 때문이다.

네덜란드 듀오 그룹 메이우드의 〈맨 처음 사랑에 빠졌어요I'm

in Love for the Very First Time〉는 사랑의 행복과 웃음, 기쁨을 노래한다. 웃음이 실없이 터지고 콧노래가 절로 나오는 것이 첫사랑이지만 어떤 이들은 첫사랑이 남긴 상처를 평생 극복하지 못한다. 첫사랑의 아픔 때문에 결혼을 하지 않는 사람도 있다. 영국 소설가 제인 오스틴은 이렇게 말한다. "첫사랑으로부터 자신을 지켜내면 두번째 사랑을 두려워할 필요가 없다."

이반 투르게네프는 『첫사랑 Pervaya lyubor』(1860)에서 처음 겪는 사랑의 홍역을 동반하는 슬픔과 기쁨, 절망과 희망을 세밀한 문체로 묘사한다. 도스토옙스키, 톨스토이와 더불어 러시아 3대 소설가로 꼽히는 투르게네프에게 『첫사랑』은 각별히 사랑하는 작품이었다.

그는 이렇게 말했다. "『첫사랑』은 유일하게 아직까지도 즐거움을 준다. 그 자체가 인생이기 때문이다. 꾸며낸 이야기가 아니다. 『첫사랑』은 내 체험의 일부분이다." 그렇다. 『첫사랑』은 투르게네프의 자전적 소설이다. 그는 자전적 작품을 쓸 때 제일 잘 썼다는 평가를 받았다.

차르 알렉산드르 2세도 『첫사랑』의 첫 애독자 중 한 명이었다. 그는 『첫사랑』을 황후에게 직접 읽어주었다. 훗날 무정부주의자에게 암살당한 알렉산드르 2세가 『첫사랑』을 읽었을 때의 나이는 '마흔둘'이었다. 투르게네프는 이 작품을 마흔두 살에 발표했다. '중늙은이가 무슨 첫사랑 운운이냐'고 비아냥거릴 법도 하지만『첫사랑』은 40대 이상을 위한 중편소설이다.

『첫사랑』은 이야기 속에 이야기가 들어 있는 '액자구조frame story' 형식을 취했다. 시간과 공간은 1850년대 러시아. 시각은 12시 30분. 저녁 식사를 마친 부자 손님들이 돌아가고 세 명만 남아 있다. 주인이 첫사랑 경험을 공유하자고 제안한다. 마흔 살 정도 된 주인공 블라디미르 페트로비치는 말솜씨가 없다며 첫사랑의 추억을 공책에 적어올 테니 2주 후에 다시 보자고 한다.

블라디미르는 열여섯 살 소년으로 되돌아가 추억을 음미했다. 지나이다가 옆집으로 이사를 왔다. 지나이다는 스물한 살로 몰락한 귀족의 딸이다. 마흔 살이 넘은 '어른'이 보기에는 열여섯 살이나 스물한 살이나 '머리에 피도 안 마른 것들'이다. 이 둘은 풋사랑을 어떻게 이어갈까.

사랑에 빠지는 데 0.2초가 걸린다는 연구 결과가 있다. 블라디미르는 5년 연상인 지나이다를 본 순간 첫눈에 반했다. 독일 작가 헤르만 헤세는 "내가 사랑이 뭔지 안다면 그것은 당신 때문"이라고 말했다. 블라디미르는 지나이다를 처음 본 순간 사랑세계의 일원이 되었다.

지나이다는 코켓coquette이다. 코켓을 '요부妖婦', 즉 '요사스러운 계집'이라고 우리말로 번역하기도 하지만 영어나 불어에서는 반드시 나쁜 뉘앙스가 담긴 말이 아니다. 지나이다는 뭇 남성의 애간장을 녹이는 미인이다. 구애자들이 매일 저녁 지나이다의 집에 찾아와 알랑거린다.

블라디미르도 '지사모(지나이다를 사랑하는 모임)'의 일원이 된다. 지나이다의 '시동侍童'이 된 것이다. 백작, 의사 등 '빵빵한' 신분의 구애자는 맨 처음부터 소년의 상대가 아니다. 하지만 지나이다는 구애자들 중에서 '그래도 블라디미르를 가장 사랑한다'고 암시하며 희망을 솟구치게 한다. 또 '친구하자' '누나·동생으로 지내자'며 '사랑의 사형선고'를 내리기도 한다. 한마디로 미치고 환장하게 만든다. 지나이다가 '나를 사랑한다면 뛰어내려라'라고 하자 블라디미르는 실제로 4미터 높이의 담장에서 뛰어내린다. 덕분에 블라디미르는 지나이다의 키스 세례를 받는다.

어느 날 블라디미르는 직감적으로 지나이다가 사랑에 빠져 있음을 알아챈다. 처음에는 경쟁자들을 의심했으나 알고 보니 블라디미르의 아버지였다. 묘하게도 소년이 느낀 것은 증오나 질투의 감정이 아니었다.

『첫사랑』은 파국으로 치닫는다. 아버지는 "여인의 사랑을 두려워하라. 그 지극한 행복, 그 독을 두려워하라"는 말을 남기고 세상을 떠난다. 지나이다도 애를 낳다가 죽는다.

지나치기 쉬운 『첫사랑』의 또다른 테마는 아버지에 대한 아들의 사랑이다. 소년 블라디미르는 멋있고 카리스마 넘치는 아버지를 '짝사랑'한다. 아버지는 냉담하다. 아들을 마치 남처럼 '예의 있게' 대한다.

『첫사랑』에는 놓치기 쉬운 사랑의 테마가 또 있다. 『첫사랑』에는 사실 두 개의 첫사랑이 나온다. 블라디미르의 첫사랑과 지나이다의 첫사랑이다. 스물한 살 꽃 같은 청춘의 지나이다는 왜 '쉰내 나는' 중년 유부남을 사랑했을까. 사랑에는, 첫사랑에는 미스터리가 많다.

　『첫사랑』의 도입부도 첫사랑과 관련하여 주목할 만한 이야기가 나온다. 마지막까지 남은 손님 세르게이는 첫사랑이 없었단다. 굳이 있었다면 여섯 살 때 유모가 첫사랑이었다는 것이다. 식사 자리를 마련한 주인도 털어놓을 만한 첫사랑이 없다. 아버지와 장인의 중매로 만난 아내가 첫사랑이다. 둘은 사랑에 빠져 곧바로 결혼했다. 세르게이와 주인은 가슴 절절한 첫사랑의 아픔이나 마법 같은 환희가 없는 사람들을 대표한다.

　'대치동 사교육 성공의 여섯 가지 조건'은 '엄마의 정보력, 아빠의 무관심, 할아버지의 재력, 할머니의 운전 실력, 본인의 체력, 동생의 희생'이라고 한다. 세칭 명문대 입학을 위해서는 그런 조건이 필요한지도 모르겠다. 하지만 행복한 인생의 조건은 그런 것이 아니라는 점을 투르게네프의 삶이 예시한다. 물론 '섣부른 일반화의 오류'일 가능성이 있기는 하다.

　서로 사랑하는 부모 밑에서 자라나야 자식들도 행복할 가능성이 높아지는 것이 아닐까. 투르게네프의 부모는 서로 사랑하지 않았다. 기병대 대령 출신인 아버지는 몰락한 집안을 일으키기 위해 사랑 없이 어머니와 결혼했다. 어머니는 독재자였다. 5000명의 농노가 딸린 대농장을 상속받았으며 농노들에게 가혹했다. 아이들도 매질로 키웠다.

투르게네프는 마마보이였다. 그는 어머니의 강요로 거의 2년간 울며 겨자 먹기로 공무원생활을 하기도 했다. 어머니의 '준엄한 사랑tough love'은 그를 우유부단하게 만들었다. 그는 '의지박약'했다.

투르게네프는 숱하게 사랑에 빠졌지만 미적거렸다. 어머니 영향이라는 설이 있다. 투르게네프와 영지의 한 농부 아낙네 사이에서 1842년에 딸이 태어났지만 결혼은 하지 않았다. 무정부주의 혁명가 미하일 바쿠닌의 여동생 타티야나와 염문을 뿌렸지만 그저 그러다 말았다.

투르게네프가 평생 사랑한 이는 폴린 비아르도라는 유부녀였다. 투르게네프가 스물다섯 살, 폴린이 스물두 살 때 만났다. 폴린은 19세기 최고 디바로 손꼽힌다. 메조소프라노 성악가였던 폴린은 교육가 겸 작곡가였다.

1843년 투르게네프는 〈세비야의 이발사〉에 출연한 그녀를 보고 첫눈에 반했다. 1845년 그는 폴린과 함께하기 위해 러시아를 떠났다. 둘 사이에 육체관계가 있었는지에 대해서는 의견이 분분하다. 1857년 폴린이 낳은 아들 폴이 투르게네프의 자식이라는 설도 있다. 폴은 자신의 생부가 누구인지 긴가민가했다. 키가 작은 아버지 루이 비아르도와 달리 폴은 투르게네프처럼 키가 컸다. 어쨌든 투르게네프가 64세를 일기로 세상을 떠났을 때 그의 곁에는 폴린 비아르도가 있었다.

투르게네프는 어떤 인물이었을까. 자유주의자, 휴머니스트였다. 그는 극단을 싫어했다. 농노해방을 열망했으나 농민반란에는 반대했다. 혁명이 아니라 점진적인 변화의 편에 섰다. 혁명가들에게 투르게네프는 시대착오적인 자유주의자였다.

그의 대표작 『아버지와 아들』(1862)은 보수주의자와 혁명가 모두를 격분하게 만들었다. 혁명으로 치닫고 있는 모순 많은 러시아에서 투르게네프의 중도주의, 점진주의가 설 곳은 없었다. 현재로서는 역사가 투르게네프의 손을 들어주고 있다. 1907년 러시아혁명으로 수많은 무고한 인명을 희생시킨 끝에 러시아는 적어도 표면적으로는 서구식 민주주의와 자본주의를 수용하게 되었다.

정부와 투르게네프는 미묘한 관계였다. 1852년 작가 니콜라이 고골이 사망하자 투르게네프는 그를 찬양하는 부고를 썼다. 당국에 미운털이 박힌 투르게네프는 한 달 간 상트페테르부르크에서 감옥살이를 하고 18개월 동안 영지 스파스코예에 가택 연금을 당했다. 하지만 그의 『사냥꾼의 수기』(1852)는 차르 알렉산드르 2세의 1861년 농노해방에 영향을 주었다.

도스토옙스키, 톨스토이와는 사이가 나빴다. 그들은 특히 투

일리야 레핀, 〈이반 투르게네프의 초상화〉, 1874년.

『첫사랑』은 투르게네프의 자전적 소설로 그가 각별히 사랑한 작품이었다. 액자구조 형식의 이 소설은 주인공의 사랑 이야기를 세밀한 문체로 묘사했다. 투르게네프는 도스토옙스키, 톨스토이와 함께 러시아 3대 소설가로 당시 서유럽에서는 두 사람보다 더 유명했고 더 높이 평가받았다.

르게네프의 친서방주의가 마음에 들지 않았다. 투르게네프는 서구화론자였다. 그는 계몽주의가 낳은 서유럽의 근대문명이 러시아를 구원할 것이라는 확신을 갖고 있었다. 그들과 달리 투르게네프의 작품에서는 종교성이 발견되지 않는다. 『첫사랑』은 "그래서 나는 그녀를 위해, 아버지를 위해, 그리고 나 자신을 위해 기도하고 싶어졌다"로 끝난다. 종교와 연관 있는 유일한 대목이다. 투르게네프는 불가지론자不可知論者였다.

서유럽에 처음 알려진 러시아 작가는 투르게네프였다. 그는 1870년대 파리 살롱 사교계의 명사였다. 귀스타브 플로베르, 기 드 모파상, 조르주 상드, 공쿠르 형제, 에밀 졸라, 헨리 제임스 등과 돈독한 사이였다.

투르게네프는 1879년 옥스퍼드대학에서 명예박사 학위를 받았다. 도스토옙스키, 톨스토이의 작품이 서유럽에 알려지면서 그들에게 차츰 밀려났다. 하지만 미국 소설가 헨리 제임스나 폴란드 태생의 영국 소설가 조지프 콘래드는 그들보다 투르게네프를 더 높이 평가했다. 어니스트 헤밍웨이는 젊은 작가들에게 투르게네프의 작품 전체를 읽을 것을 권했다.

사랑은 심리학의 중요한 주제다. 심리학자들은 첫사랑이 강하게 기억에 남으며 두번째, 세번째 사랑의 기준이 되는 경우가 많다는 점을 지목한다. 강렬할수록 어른이 된 다음의 사랑은 시시해 보일 가능성이 크다.

그래서 일부 심리학자는 '사랑의 열병'인 풋사랑은 아예 피하는 것이 좋다고 주장한다. 또한 청소년기 자녀를 둔 부모는 자녀가 첫사랑에만 깊이 빠지지 않게 운동, 독서, 공부 등 활동을 다변화할 수 있게 유도해야 한다고 권장한다. 물론 해피엔딩도 있다. 첫사랑의 주인공은 수십 년 후에 만나도 양쪽 모두 '자유의 몸'이라면 결혼에 골인할 가능성이 70퍼센트라는 연구 결과가 있다.

유명인 중에는 "내 첫번째 사랑은 기타였다" "음악이었다" "레슬링이었다"고 하는 경우가 많다. 내가 지금 하는 일이 첫사랑인 사람들은 행복하다.

투르게네프 일생

1818년	러시아 오룔에서 출생
1834년	아버지 사망
1837년	상트페테르부르크대학 졸업
1838~1841년	독일 베를린대학에서 철학 공부
1841년	러시아로 귀향, 철학자가 되려 했으나 정부가 철학 교육을 금지시킴
1843~1845년	내무부 공무원생활
1850년	어머니 사망
1854년	서유럽으로 이주
1860년	『첫사랑』 출간
1862년	『아버지와 아들』 출간
1879년	옥스퍼드대학 명예박사
1883년	프랑스 부지발에서 사망

투르게네프의 말말말

여러분의 의지를 어떻게 써야 하는지를 알면 여러분은 자유로울 것이며, 여러분은 사람들을 이끌 것이다.

여성들의 사랑을 조심하라. 그 엑스터시를 조심하라. 그 천천히 중독되는 독을 조심하라.

나는 내가 사랑받는지, 아니면 사랑받지 않는지에 대해 알고 싶지도, 인정하고 싶지도 않았다.

나는 나쁜 사람의 가슴이 어떤지 모른다. 하지만 좋은 사람의 마음이 어떤지는 안다. 좋은 사람의 마음에 대해 아는 것은 끔찍하다.

우리 인생을 너무 늦게 방문하는 행복보다 더 나쁘고 더 많은 상처를 주는 것은 없다.

내 경우에는 첫사랑은 없었다. 내게 사랑은 두번째 사랑으로 시작되었다.

2

Histoire de ma vie

2

카사노바의
『나의 인생 이야기』

"자신의 사랑을 말로
드러내는 남자는 바보다."

남자들은 "왜 여자들은 나처럼 착하고 능력 있는 남자가 아니라 '늑대 같은 나쁜 놈들'을 좋아할까"가 궁금할 수 있다. 여자들은 "왜 남자들은 나처럼 착하고 어여쁜 여자가 아니라 '여우 같은 나쁜 년들'을 좋아할까"가 궁금할 수 있다. 궁금증을 풀어줄 열쇠 중 하나는 '유혹의 비밀'이다. 경찰관 수중에 있는 권총은 치안 유지 도구지만 범죄자의 손에 들어가면 범죄 도구로 쓰인다. '유혹의 기술'도 마찬가지다.

유혹은 "꾀어서 정신을 혼미하게 하거나 좋지 아니한 길로 이끎, 성적인 목적을 갖고 이성 異性을 꾐"이다(『표준국어대사전』).

부정적 의미가 담긴 말이다. 하지만 유혹은 사랑에서 빠뜨릴 수 없는 요소요, 과정이다. 연애나 결혼도 그 출발점은 유혹인 경우가 많다. 유혹은 기예技藝다. 기예는 '기술skill'과 '예술art'을 아울러 이르는 말이다. 서양사에서 가장 유명한 '유혹자'는 자코모 카사노바다. 영어로는 'seducer', 즉 '성관계를 하자고 유혹하는 사람'이다.

카사노바가 태어난 베네치아공화국의 종교재판소는 그를 무신론자로 단죄한 적이 있다(나중에는 그를 스파이로 채용했다). 마치 이에 반발하듯이 카사노바는 "나는 철학자로 살았으며 크리스천으로서 죽는다"라고 임종 때 침상에서 말했다고 전한다. '난봉꾼의 대명사'가 한 말이라서 이상야릇하다. 카사노바는 적어도 유혹이나 사랑에 관한 한 죄의식이나 수치심이 전혀 없었다. 어쩌면 파렴치가 유혹자의 첫째가는 자질일지도 모른다.

카사노바는 그가 살았던 18세기에 일반인에게는 그리 유명한 사람이 아니었다. 하지만 귀족과 명망가 들 사이에서는 화제의 인물이었다. 카사노바에게 불멸의 이름을 선사한 것은 그의 자서전이자 회고록인 『나의 인생 이야기Histoire de ma vie』였다.

2010년 프랑스 정부는 3700여 페이지에 달하는 『나의 인생 이야기』를 프랑스의 국보급 문헌으로 인정하고 960만 달러에 구입했다. '혁신적인 프랑스어 사용'에 주목했기 때문이다. 『나의 인생 이야기』는 당시 유럽 지식인들과 상류층의 국제어lingua franca

이자 계몽주의 언어인 프랑스어로 썼였다.『나의 인생 이야기』원고의 존재를 알고 있었던 영국 총리 윈스턴 처칠이 연합국의 폭격 속에서도 원고가 무사한지 염려했다는 이야기가 전한다.

1960년 이후 출간된 무삭제판『나의 인생 이야기』는 12권 분량으로 120만 단어가 사용되었다. 카사노바는 '사진처럼 정확한 기억력'으로 유명했다. 읽은 책이나 만난 사람들의 얼굴과 이름, 그들과 나눈 대화를 사진처럼 머릿속에 복사해두었다가 끄집어내는 능력을 과시하며 살았다.

『나의 인생 이야기』는 카사노바의 생애에서 그가 쉰 살이 되기 전인 1774년 여름까지만 다룬다. 서문은 일종의 '신앙 고백'으로 시작한다. 카사노바는 자신을 그리스도교가 믿는 창조주를 믿는 신앙인이라 주장하며 서문에서 이런 말을 했다. "나는 곤경에 빠졌을 때마다 기도했으며 기도에는 항상 응답이 있었다." "신의 섭리의 불가해성不可解性을 깨닫는 순간 우리는 신을 흠모할 수밖에 없는 우리 자신을 발견하게 된다." "절망은 죽이지만 기도는 절망을 떨쳐버린다."

아일랜드 작가 오스카 와일드는『도리언 그레이의 초상』서문에서 "도덕적인 책이나 비도덕적인 책은 없다. 잘 쓴 책과 잘 못 쓴 책만 있다. 그게 다다"라고 했다. 카사노바의『나의 인생 이야기』는 '잘 쓴 책'인 것이 확실하다. 보는 관점에 따라서는 극악무도하게 '비도덕적인 책'이기도 하다. 카사노바는『나의 인생 이야기』를 통해 '난봉꾼과 플레이보이는 지옥에 간다'는 당시 관념에 정면으로 도전했다. 가톨릭교회는 카사노바 사후에 출간된 『나의 인생 이야기』를 금서 목록에 올렸다.

야망으로 반짝반짝 빛나는 눈, 185센티미터에서 200센티미터에 달하는 훤칠한 키, 넓은 이마, 북아프리카 사람을 연상시키는 검은 피부…… 젊었을 때 카사노바는 뭇 여성의 마음을 설레게 했다. 그를 보자마자 첫눈에 반하는 여성도 많았다. 하지만 세월 앞에 장사 없는 법. 카사노바도 나이가 들면서 머리와 이가 빠졌다. 예순 살을 넘겼을 때는 거의 무일푼 신세가 되었다. 그가 말년(1791년부터 거의 사망 직전까지)에 『나의 인생 이야기』 집필에 매진한 이유는 인생이 너무 따분하고 슬펐기 때문이다.

그는 주로 마차를 타고 울퉁불퉁한 길 6만 5000킬로미터를 이동했다. 돈과 명성, 유혹할 타깃인 여성을 찾아서였다. 전 유럽을 누비며 풍운아, 모험가로 살았던 카사노바의 말년 직업은 발트슈타인 백작 도서관의 사서였다. 월급도 괜찮았고 생활도 안정적이었지만 모험은 찾아볼 수 없는 무료한 생활이었다. 다른 직원들과 '파스타 삶는 법' 같은 시시콜콜한 문제로 다투었다. 자살까지 생각했다. 한 의사가 그에게 정신 치료 방안으로 회고록 집필을 권유했다. 의사의 판단은 옳았다. 카사노바는 이렇게 썼다. "나는 나를 비웃기 위해 『나의 인생 이야기』를 쓰고 있는데 성공하고 있다. 하루 13시간씩 쓰고 있는데 13시간이 13분처럼 지나간다." 카사노바는 『나의 인생 이야기』를 출판할 것인지, 불태울 것인지 고민하다 결론을 내리지 못하고 조카에게 원고를 물려주고 세상을 떠났다.

『나의 인생 이야기』에는 카사노바가 최대 130여 명의 여성을 어떻게 유혹했는지 소상히 나온다. 매우 솔직한 책이다. 자랑하고 싶은 성공담뿐 아니라 조루증이나 발기부전으로 인한 실패담도 나온다. 하지만 『나의 인생 이야기』에서 결코 '섹스가 다'는 아니다. "『나의 인생 이야기』에는 체위보다는 음식 이야기가 더 많이 나온다"는 평가가 있을 정도다. 『나의 인생 이야기』는 18세기 유럽 풍속사를 연구하는 학자들에게 소중한 문헌이다. 일부 날짜, 장소 등의 착오가 있지만 학자들이 현미경을 들이밀고 확인해본 결과 전체적으로 정확한 편이라고 인정한다.

카사노바는 천재였다. 열두 살에 파도바대학에 입학하여 "유대인이 '시나고그'를 지을 수 있는 권리"에 대한 논문으로 열일곱의 나이로 법학박사 학위를 받았다. 발음 문제가 있는 여배우를 위해 알파벳 'r'가 들어가지 않은 희곡을 하룻밤에 완성하기도 했다.

카사노바에게 가장 어울리는 말은 "이것저것 다 잘하는 사람은 단 한 분야에서도 달인이 될 수 없다"라는 격언일지도 모른다. '폴리매스polymath(지식이 넓고 아는 것이 많은 사람)'였던 카사노바는 모험가, 소설가, 시인, 사학자, 수학자, 음악가(특히 바이

안톤 라파엘 멩스, 〈카사노바의 초상화〉, 1760년.

서양에서 가장 유명한 유혹자 카사노바는 '카사노바'라는 이름을 난봉꾼의 대명사로 만들었다. 하지만 그에게 불멸의 이름을 선사한 것은 그의 자서전이자 회고록인 『나의 인생 이야기』였다. 카사노바의 천재성을 덮어버릴 만큼 강한 난봉꾼 이미지를 탄생시켰다.

올린 연주자), 외교관, 법률가, 군인, 여행가, 번역가, 사서로 활동
했다. 또한 그는 사기꾼, 미식가, 맵시꾼이었다. 특히 그는 '타짜'
였다.

카사노바는 자신보다 왜 괴테나 볼테르가 세인 사이에서 더
유명한지 의아하게 생각했다. 카사노바 자신의 탓도 있었다. 그
가 인정한 신의 섭리 때문인지도 모른다.『나의 인생 이야기』는
카사노바를 난봉꾼 이미지가 너무 강한 인물로 만들어버렸다.
다른 업적까지 덮어버렸다. 사실 카사노바는 '이것저것 다 잘하
는 달인'이었다. 카사노바는 세계 최초의 과학소설로도 평가되
는『20일 이야기Icosameron』(1788)의 저자이기도 하다. 회사를 차
려 염직산업 발전에도 공헌했다. 페미니즘의 초창기 이론가이기
도 했다. 프랑스에서는 세계 최초로 국가가 경영하는 복권제도
를 창시했다. 그는 성병 예방 효과를 대폭 증진시킨 콘돔 개량자
로도 기억된다(카사노바는 젊었을 때 콘돔을 사용하지 않았다. 나이
가 조금 들고 수차례 임질과 매독으로 고생한 다음부터는 성병 예방
을 위해 콘돔을 사용하고 개량했다. 19세기 이전 콘돔은 부자들만 구
매할 수 있는 사치품이었다).

카사노바가 유혹한 여성은 다양했다. 공작부인, 여배우, 댄서,
노예, 호텔 객실 담당 여직원, 수녀, 농가 아낙네 등이었다. 그렇
다면 카사노바는 '치마를 두른 여자'라면 무조건 정복의 대상으
로 삼은 것일까. 그런 것은 아니었다.

카사노바는 20세기, 21세기 '픽업아티스트pickup artist', 즉 '특별한 전술tactics로 여성을 유혹하는 남성'의 대선배다. 하지만 그는 '하룻밤의 정복'을 기록하기 좋아하는 호색한이 아니었다. 욕정lust을 채우는 것이 목표가 아니었다. 여성을 침대에 눕히는 것이 아니라 '밀고 당김'을 포함하는 코트십courtship, 즉 '짝짓기를 위한 구애'가 더 중요했다. 그는 '진정한 사랑에 바탕을 둔 유혹'을 추구했다. '연쇄 유혹자serial seducer'였던 그는, 달리 보면 '연쇄 일부일처제serial monogamy'를 실천했다. 그는 130여 명의 여성과 '비공식적으로 결혼하고 이혼한 남자'였다. 그에게 중요한 것은 '양보다는 질'이었다. 1년에 서너 명 정도를 유혹했다. 사랑이 식으면 헤어졌다. 헤어진 다음에는 사랑의 순간들을 회상하며 두고두고 음미했다.

아홉 개 유형의 유혹자와 24개 종류의 유혹의 기술을 정리한 『유혹의 기술』(2001)의 저자 로버트 그린은 카사노바를 역사상 가장 성공적인 유혹자로 꼽는다. 카사노바의 '수법'은 무엇이었을까? 그 시대 최고의 패셔니스타였던 카사노바는 옷을 화려하게 차려입었다(결혼식 같은 공공 행사에 눈에 띄는 특이한 복장을 하고 나타난 인물은 '유혹의 메시지'를 띄우고 있는 것이라고 볼 수도 있다). 그는 선물, 아침, 속임수 등 모든 방법을 총동원했다. 아쉽게도 그가 항상 페어플레이만 한 것은 아니었다.

카사노바 유혹법의 핵심은 만난 여자를 연구하는 것이었다.

그 여성의 인생에서 부족한 '그것'을 알아내 모험이건 로맨스이건 우정이건 대화이건 '그것'을 주었다. 카사노바는 여성을 특별하게 대접했다. 여성이 '나는 특별하다'고 생각하게 해주었다. 특히 그는 여성에게 질문하고 질문에 대한 답을 듣기를 즐겼다. 지적인 여자들을 좋아했다. 그들과 알쏭달쏭한 사랑의 언어유희를 즐겼다. 카사노바는 이렇게 말했다. "자신의 사랑을 말로 드러내는 남자는 바보다." "언어가 빠지면 사랑의 쾌락은 적어도 3분의 2로 줄어든다."

윌리엄 글래드스턴과 벤저민 디즈레일리 모두 대영제국 총리였지만 글래드스턴은 '여성에게 가장 똑똑한 남자로 느껴지는 남자'로, 디즈레일리는 '여성으로 하여금 자신이 가장 똑똑한 여자로 느끼게 만들어주는 남자'로 평가된다. 카사노바는 유혹의 세계에서 그 둘을 합쳐놓은 고수였다. "여자가 한을 품으면 오뉴월에도 서리가 내린다"고 했다. 카사노바는 어떤 여자들은 포식자처럼 대했지만 대부분의 경우에는 헤어진 다음에도 계속 서신을 나누는 등 좋은 관계를 유지했다. 옛 연인들에게 생활비를 대주고 남편감을 찾아주었다.

카사노바가 가장 사랑한 여인은 코드네임 '앙리에트'로 알려져 있다. 어떤 장교와 남장男裝하고 여행 중이던 앙리에트를 만나 꿈같은 3개월간 동거했다. 앙리에트가 카사노바를 먼저 버렸다. MM이라는 이니셜로 알려진 어느 수녀도 그에게 깊은 인상을 남겼다. 하지만 에고가 무지막지하게 강한 나르시시스트였던 카사노바가 사랑한 이는 아마도 자기 자신뿐이었을 것이다.

카사노바는 4남 2녀 중 장남으로 태어났다. 아버지 가에타노, 어머니 자네타는 배우였다. 야심가였던 어머니는 코티즌courtesan, 즉 '귀족과 부자를 상대하는 고급 성매매 여성'이었다. 동생인 유명 화가 프란체스코는 영국 조지 2세가 생부라는 설이 있다. 카사노바는 어머니의 스폰서들 덕에 좋은 교육을 받았다.

당시 배우는 신분이 낮았다. 신분 상승을 위해 열린 두 길은 사제나 군인이 되는 것이었다. 카사노바는 두 길 모두 시도했지만 결국 자의 반, 타의 반으로 그만두었다. 카사노바는 볼테르, 루소, 새뮤얼 존슨, 벤저민 프랭클린, 조지 3세, 교황 클레멘스 13세, 예카테리나 2세, 루이 15세, 프리드리히 대제 등 당대의 명사나 권력자 들과 교유했다. 그들 상당수는 카사노바의 매력에 무장해제되었다. 만약 카사노바가 유혹은 접고 권력이나 명성만을 탐했다면 충분히 가능했으리라.

카사노바는 돈을 쓸 줄은 알았으나 불리는 법은 잘 몰랐다. 큰돈이 들어온 적도 많았으나 결국 모두 탕진했다. 『나의 인생 이야기』에서 카사노바는 그 누구도 원망하지 않았다. 자신에게 일어난 불행의 원인은 바로 자기 자신이라고 인정했다. 카사노바가 묻혀 있던 곳은 19세기 초 공원이 되어 그의 무덤은 지금은 사라지고 없다.

카사노바 일생

1725년	베네치아공화국에서 출생
1733년	아버지 사망
1742년	파도바대학 법학박사 취득
1755년	마법사·프리메이슨이라는 이유로 체포되었다가 탈옥, 프랑스로 도주
1757년	프랑스에서 복권제도 수립
1760년	'생갈의 기사 Chevalier de Seingalt' 사칭
1774년	허가받고 18년 만에 베네치아로 돌아와 스파이로 활동
1775년	『일리아스』를 이탈리아어로 번역
1776년	어머니 사망
1783년	베네치아에서 추방
1785~1798년	발트슈타인 백작의 도서관 사서로 재직
1798년	보헤미아 둑스에서 사망, 『나의 인생 이야기』 독일어 축약판 발간
1960년	『나의 인생 이야기』 무삭제판 발간

카사노바의 말말말

내 오감의 즐거움을 함양하는 것이 내 인생에서 주된 업무였다.

내 인생에서 성공과 불행, 밝은 날들과 어두운 날들 같은 모든 것이 내게 입증한 것은 이 세상에서 물질적인 것이든 도덕적인 것이든 악에서 선이 나오듯 선에서 악이 나온다는 것이다.

삶을 사랑하지 않는 사람은 살 자격이 없다.

인간은 자유롭지만 자신이 자유롭다고 믿기 전까지는 아니다.

기록될 가치가 있는 행동을 한 것이 없다면 적어도 읽을 가치가 있는 뭔가를 써라.

젊은이를 과감하게 만드는 것은 얄팍한 욕망이다. 강렬한 욕망은 그를 당혹하게 만든다.

실수하지 않는 자는 대부분의 경우 아무것도 이루지 못한다.

내게 유일한 삶의 체계는 부는 바람이 이끄는 곳으로 내가 가도록 내버려두는 것이었다.

사랑의 4분의 3은 호기심이다.

나는 사랑에 굴복할 뿐 사랑을 정복하지 않는다.

결혼은 사랑의 무덤이다.

3

Antony and Cleopatra

3

셰익스피어의
『안토니우스와 클레오파트라』

희생 없는 사랑이나
정치는 없다.

어쩌면 사랑은 비非정치적 영역에 속하는 것 중에서 가장 정치
적인 인간의 감정과 활동, 목표일지도 모른다. 사랑과 정치는 '지
배'의 문제를 떠나 생각하기 힘들다. 사랑을 움직이는 성욕과 정
치를 움직이는 권력욕 모두 강력한 욕구다. 사랑과 정치의 교집
합에는 배신이라는 요소가 빠질 수 없다. 둘 다 희생이 따른다.
희생 없는 사랑이나 정치는 없다. 그렇다면 사랑과 정치가 만났
을 때는 어떤 일이 벌어질까? 역사상 가장 위대한 러브스토리 중
하나로 손꼽히는 안토니우스와 클레오파트라의 사랑 이야기는,
결론을 미리 말하면 '사랑과 정치가 만나면 좋을 것이 없다'는 것

을 보여준다.

세인의 마음에 클레오파트라와 안토니우스 커플의 이미지를 고착시킨 것은 윌리엄 셰익스피어의 희곡 『안토니우스와 클레오파트라Antony and Cleopatra』(1607)와 엘리자베스 테일러와 리처드 버턴이 주연한 4시간짜리 영화 〈클레오파트라〉(1963)다. 셰익스피어의 『안토니우스와 클레오파트라』에서 사랑은 정치가 야기하는 야망, 갈등, 배신, 명예와 충돌한다. 핵심 테마는 이성과 감정, 서쪽과 동쪽의 차이다. 안토니우스의 라이벌 옥타비아누스는 이성, 안토니우스는 감정을 대표한다. 서쪽의 로마는 이성, 동쪽의 이집트는 감정이다(이 작품에서 오리엔탈리즘의 전형이 이미 나타난 것이다). 이는 안토니우스와 클레오파트라의 사랑 이야기를 엘리자베스 시대 영국의 관점으로 채색한 결과다.

『안토니우스와 클레오파트라』는 대작이다. 읽는 데 5시간에서 7시간이 걸린다. 대사가 있는 인물만 34명이 나온다. 40개 장면으로 구성되어 있다. 셰익스피어 희곡 중 최대다. 극의 전개를 위해 로마와 이집트 사이를 오가야 하기 때문이다. 『안토니우스와 클레오파트라』에 나오는 클레오파트라는 셰익스피어가 그려낸 극중 인물 중에서도 완성도가 높다. 셰익스피어는 아주 복잡한 인물을 창작한 것이다. 셰익스피어는 『안토니우스와 클레오파트라』를 쓰기 위해 토머스 노스의 1579년 영역본 플루타르코스의 『영웅전』에 의존했다. 대사를 거의 그대로 가져다 쓴 경우도 있다. '셰익스피어도 표절했다'는 말이 나올 정도다(물론 셰익스피어가 표절했다고 해서 표절이 정당화될 수는 없다).

플루타르코스가 그린 안토니우스는 클레오파트라의 감정 상태에 따라 결정을 내린다. 두 사람은 권력을 위해 연대했지만 서로 사랑한 것도 사실이다. 셰익스피어는 이런 플루타르코스의 견해를 받아들였다. 물론 안토니우스와 클레오파트라의 관계는 본질적으로 정치적 관계였기 때문에 그들의 사랑은 '양념'에 불과했다는 해석도 가능하다.

클레오파트라와 안토니우스의 정치와 사랑을 모두 균형적으로 솜씨 있게 풀어낸 셰익스피어와 달리 존 드라이든의 『모두 사랑을 위해All For Love』(1677)는 정치보다는 두 사람 사이의 불멸의 사랑에 기울고 있다.

비극인 『안토니우스와 클레오파트라』는 문제극이기도 하다. 문제극은 사회와 도덕, 인생의 문제를 다룬 희곡이다. 셰익스피어는 『안토니우스와 클레오파트라』에서 인생의 모순을 드러낼 뿐 명확한 해답은 제시하지 않았다.

줄거리의 배경은 카이사르의 암살이 낳은 '누가 로마제국을 차지할 것인가'라는 질문에 해답을 찾아가는 과정이다. '로마 버전의 삼국지' 상황이 전개되었다. 기원전 42년 필리피 전투에서 카이사르 암살자들을 패퇴시킨 세 명이 3두정치 시대를 열었다. 옥타비아누스는 로마공화국의 서부, 안토니우스는 동부, 레피두스는 남부, 즉 아프리카를 차지한 것이다.

3두정치가 영원히 계속될 수는 없었다. 사랑과 마찬가지로 권력의 속성은 독점이다. 하지만 클레오파트라와 사랑에 빠진 안토니우스는 이집트에서 세월을 낭비하며 흥청망청 보냈다. 친구들의 조언과 경고를 무시했다. 3두정치에 대한 폼페이우스의 도전과 아내 풀비아의 사망으로 안토니우스는 마지못해 로마로 갔다.

옥타비아누스, 안토니우스, 레피두스와 폼페이우스는 갈등을 봉합했다. 3두정치를 견고히 하기 위해 안토니우스는 정략결혼을 했다. 클레오파트라의 불같은 질투에도 옥타비아누스의 누이 옥타비아와 결혼한 것이다(옥타비아와 안토니우스 사이에는 두 명의 딸이 있었다). 안토니우스와 옥타비아는 스키타이인들의 반란을 진압하기 위해 아테네로 떠났다.

옥타비아누스는 합의를 깨고 폼페이우스와 레피두스, 안토니우스를 적으로 돌리기 시작했다. 옥타비아누스는 레피두스를 감옥에 처넣었다. 안토니우스는 옥타비아를 로마로 보내고 이집트로 떠났다. 옥타비아누스와 한판 붙으려면 로마의 민심을 잡아야 했는데, 사랑에 집착한 안토니우스는 패착을 두었다. 이집트로 돌아와 거행한 성대한 행사에서 클레오파트라를 이집트와 로마공화국 동쪽의 통치자로 선포했다. 로마인들에게 클레오파트라는 완곡어법으로 말하면 '팜파탈femme fatale', 노골적으로 표현

마키아벨리적 인물이었던 클레오파트라는 프톨레마이오스 왕조의 옛 영토를 되찾기 위해 정치적 필요에 따라 사랑과 유혹을 도구로 일삼으며 주저 없이 배신을 했다. 이와 달리 사랑에 집착한 안토니우스는 클레오파트라에게서 헤어나오지 못하는 바람에 사랑도, 명예도 모두 잃었다. 옥타비아누스에게 패한 안토니우스와 클레오파트라는 자살했다.

하면 '매춘부'였다. 속국의 군주인 클레오파트라를 안토니우스가 동등하게 대하는 것을 보고 로마인들은 경악했다. 안토니우스가 로마공화국의 수도를 로마에서 알렉산드리아로 옮기려고 한다는 루머까지 퍼졌다.

들끓는 민심을 등에 업은 옥타비아누스는 안토니우스가 아니라 이집트와 클레오파트라에 전쟁을 선포했다. 첫번째 맞붙은 것은 기원전 31년 9월 2일 악티움 해전에서였다. 안토니우스는 육지에서 싸우는 것이 유리했다. 하지만 옥타비아누스가 바다에서 싸우자고 했기 때문에 명예를 중시하는 안토니우스는 해전을 감행했다. 그리스 서해안에 있는 악티움에서 싸우기 위해 안토니우스와 클레오파트라 연합군은 배 230척과 수군 5만 명을 동원했지만 클레오파트라의 배신으로 패배했다. 클레오파트라가 석연치 않은 이유로 배 60척을 빼내어 이집트로 향했던 것이다.

두번째 맞붙었을 때는 안토니우스가 승리했다. 하지만 세번째 결전에서도 클레오파트라는 이집트 병력을 빼냈다. 세 차례 결전을 통해 반복된 것은 클레오파트라의 배신, 안토니우스의 분노와 용서였다. 클레오파트라는 옥타비아누스와 몰래 타협을 도모했다. 동시에 클레오파트라는 옥타비아누스를 유혹하려 했지만 실패했다.

안토니우스는 칼 위로 몸을 던졌고 클레오파트라는 독극물로 자살했다. 클레오파트라가 코브라에게 물리는 방식을 선택했다는 설도 있다. 안토니우스에 이어 클레오파트라가 자살한 것은 안토니우스를 사랑해서가 아니라 더이상 정치적 미래가 없었기 때문이다. 그에게 남은 것은 치욕뿐이었다. 옥타비아누스는 개선 행진에 클레오파트라를 개처럼 끌고 다니려 했다.

로마 초대 황제가 된 옥타비아누스는 역사 왜곡에 착수했다. 클레오파트라는 실제보다 더 나쁜 사람으로, 안토니우스는 실제보다 더 한심하고 무능한 사람으로 그렸다.

기원전 41년 클레오파트라가 안토니우스를 만났을 때 클레오파트라는 아프로디테(비너스)처럼 치장했다. 안토니우스는 자신의 정체성을 디오니소스에서 찾는 인물이었다. 이집트 신들의 계보를 기준으로 하면 안토니우스와 클레오파트라는 지상의 오시리스와 이시스를 자처했다. 두 사람만의 '망상'이 아니었다. 당시 군주들은 자신이 신이라고 생각했다.

클레오파트라는 고대에서 가장 아름다운 여인으로 인식된다. 하지만 그가 미인이었다는 고대 기록은 없다. 기원전 32년에 나온 은전을 보면 적어도 현대 기준으로는 못생긴 모습을 하고 있다. 그런 그가 카이사르와 안토니우스를 유혹할 수 있었던 비결은 뭘까. '제 눈에 안경'이 두 번이나 통했기 때문이 아니었다. 클레오파트라의 매력은 지성에서 나왔다. 에티오피아어, 히브리어, 아랍어 등 9개 국어를 구사했으며 수학에도 조예가 깊었다. 목소리가 아름다웠다고 기록되어 있다. 은쟁반에 옥구슬 굴러가는 목소리였던 듯하다.

클레오파트라는 권력을 독점하기 위해 혈육도 눈 하나 깜짝하지 않고 죽였다. 카이사르의 힘을 빌려 공동 군주였던 남동생을 제거했다. 무자비했으나 당시 기록을 살펴보면 이집트 국민들에게 인기 있는 통치자였다. 야만의 시대였다. 카이사르의 정복 활동으로 100만 명이 사망한 것으로 추산된다. 하지만 카이사르는 관대한 지도자로 인식되었다. 당시 국민이 통치자에게 바라는 것은 자비가 아니라 능력이었다.

클레오파트라는 혈통상으로 이집트인과 피가 한 방울도 섞이지 않았다. 클레오파트라의 조상은 마케도니아인이었다. 클레오파트라의 사망으로 알렉산드로스 대왕의 장군 중 한 명인 프톨레마이오스가 창시한 왕조(기원전 305~기원전 30)가 문을 닫았다. 이집트어를 배운 최초의 파라오였던 클레오파트라가 사망하자 이집트는 주권을 완전히 상실했다. 이집트가 다시 독립한 것은 20세기다.

클레오파트라의 집권 기간은 20여 년(기원전 51~기원전 30)에 달한다. 그가 통치한 수도 알렉산드리아는 지중해의 진주였다. 지중해에서 가장 풍요로운 나라이자 로마를 제외하면 유일한 독립국이었다. 이집트의 무역망은 아라비아와 인도까지 뻗어 있었다. 등대와 도서관으로 유명했다. 알렉산드리아에 비하면 로마는 '시골'이었다.

클레오파트라는 안토니우스뿐 아니라 아마도 카이사르도 배신한 것으로 짐작된다. 기원전 44년 카이사르의 암살에 가담했다는 설이 있다. 클레오파트라는 마키아벨리적 인물이었다. 어제의 필요에 따라 한 약속은 오늘의 필요에 따라 깰 수도 있었다. 그에게는 어제의 사랑 약속도 오늘의 정치적 필요에 종속되었다. 주저 없이 배신을 일삼고 사랑과 유혹을 도구로 삼았던 클레오파트라가 추구했던 것은 무엇이었을까.

최소한 생존을, 가능하면 팽창을 도모하는 것이 정치다. 클레오파트라는 이런 정치의 속성에 충실했다. 250여 년에 걸친 프톨레마이오스 왕조의 이집트 통치가 계속되고 있었지만 기원전 168년 이후 이집트는 로마의 의존국, 보호령이었다. 클레오파트라는 이집트의 독립성을 복원해야 했다. 이집트와 클레오파트라는 로마의 권력투쟁에서 변수이자 상수였다. 하지만 어느 정도 중요한 변수, 상수였는지에 대해서는 논란이 있다.

클레오파트라의 어린 시절에 대해서는 알려진 것이 거의 없다. 어머니가 누구였는지도 모른다. 카이사르와의 사이에서 낳은 카이사리온은 클레오파트라 사후 옥타비아누스의 명령으로 처형되었다. 하지만 그의 다른 자식들은 안토니우스의 아내 옥타비아가 키웠다.

안토니우스는 클레오파트라를 만나 귀신에 홀린 사람처럼 되어버렸다. 그는 정치情癡, 즉 '색정에 빠져서 이성을 잃은 사람'이

되었다. 천하의 3분의 1을 소유한 그는 나머지 3분의 2가 아니라 사랑을 택했다. 안토니우스가 로마를 사랑하지 않은 것은 아니다. 하지만 그는 로마라는 나라에 대한 사랑과 클레오파트라라는 개인에 대한 사랑 사이에서 갈팡질팡했다. 안토니우스는 로마인들이 혐오한 클레오파트라에게서 헤어나오지 못하는 바람에 그가 쌓아온 명성을 잃었다.

안토니우스의 군인, 정치가 자질에 대해서는 상반된 평가가 있다. 부하들이 사랑한 위대한 장군이라는 평가도 있다. 하지만 그는 용장勇將이었지만 지장智將은 아니었다. 전략과 전술이 뛰어나지 않았다. 로마 황제가 되기에는 역부족이었다. 술과 여자를 지나치게 좋아한 남자였다. 플루타르코스는 클레오파트라가 유혹자이자 전략가였다고 평가했다. 클레오파트라가 로마에서 남자로 태어났다면 역사는 아주 다르게 전개되었으리라.

반면 옥타비아누스는 권력 하나에 집중했다. 안토니우스에 비해 자질은 떨어졌는지 모르지만 옥타비아누스는 자신의 야심에 집중적으로 헌신했다. 자기 관리가 좋았다. 옥타비아누스는 클레오파트라와 마찬가지로 매우 계산적인 인물이었다. 어쩌면 안토니우스는 심계深計가 뛰어난 두 인물 사이에서 샌드위치 신세였는지도 모른다. 비록 싸움에 졌지만 로마제국의 첫 다섯 황제 중 세 명(칼리굴라, 클라우디우스, 네로)은 안토니우스의 직계 후손이었다.

옥타비아누스는 로마제국의 제1대 황제가 되어 학술과 문예를 장려하여 로마 문화의 황금시대를 이룩했다. 클레오파트라와 안토니우스는 로마사나 유럽사, 세계사의 전개에 별다른 영향을 미치지 못했다. 하지만 그들은 불멸의 사랑으로 기억된다. 정치가 아닌 사랑을 기준으로 보면 안토니우스와 클레오파트라가 승리자다.

클레오파트라와 안토니우스 일생

기원전 82년	마르쿠스 안토니우스, 로마에서 출생
기원전 69년	클레오파트라, 이집트 알렉산드리아에서 출생
기원전 51년	클레오파트라, 아버지 사망으로 프톨레마이오스 13세와 더불어 이집트의 공동 군주가 됨
기원전 48~기원전 44년	카이사르, 클레오파트라와 사랑에 빠짐
기원전 41년	안토니우스, 클레오파트라와 사랑에 빠짐
기원전 40	안토니우스, 옥타비아누스의 누이 옥타비아와 결혼, 클레오파트라와 안토니우스 사이에 쌍둥이(알렉산데르 헬리오스, 클레오파트라 셀레네)가 태어남
기원전 37년	클레오파트라와 안토니우스, 안티오케이아에서 결혼
기원전 32년	안토니우스, 옥타비아와 이혼, 옥타비아누스, 클레오파트라에게 전쟁 선포
기원전 31년	악티움 해전에서 안토니우스·클레오파트라 연합군 패전
기원전 30년	옥타비아누스의 이집트 침공, 안토니우스와 클레오파트라 자살

1603~1607년	셰익스피어 『안토니우스와 클레오파트라』 집필
1623년	『안토니우스와 클레오파트라』 폴리오판 출간

4

Ars Amatoria

4

오비디우스의
『사랑의 기술』

짝을 찾는 법과
꾀는 법을 가르치다.

로마 시인 오비디우스는 "원인은 감추어져 있지만 결과는 널리 알려져 있다"고 말했다. 어떤 사람들은 플레이보이, 플레이걸이다. 어떤 사람들은 짝이 없다. 널리 알려진 결과다. 감추어진 이유는 뭘까. 푸블리우스 나소 오비디우스는 『사랑의 기술Ars Amatoria』을 통해 감추어진 이유를 드러내 누구나 사랑의 달인이 될 수 있는 길을 제시한다.

　명저는 논란을 불러일으킨다. 출간 후 20년, 200년, 2000년이 지나도 그 책에 대해 뜨거운 논쟁이 벌어진다면 가히 명저의 조건 중 하나인 논란은 충족시켰다고 할 만하다. 오비디우스의 『사랑의 기술』도 그렇다. 이 책은 '불륜도 사랑인가' '하룻밤을 위한 짝과 평생의 짝을 찾을 때의 사랑의 기술은 같은가, 아니면 다른 가'라는 질문을 던진다. 미리 결론부터 말하면 아마도 대동소이할 것이다.

불륜은 "사람으로서 지켜야 할 도리에서 벗어난 데가 있음"을 뜻한다. 이 불륜의 정의에 따른다면 배우자나 남친, 여친이 있는데 한눈을 파는 것은 도리가 아니다. 불륜은 정치적 문제이자, 예컨대 간통을 규제하는 법 체제에 따라서는 법적 문제이기도 하다.

『사랑의 기술』은 "그 누구든 사랑하는 법을 모르는 로마 사람이 있다면 그가 이 시를 읽고 사랑 전문가, 사랑 달인의 경지에 이르게 하라"로 시작한다. 총 3부로 구성된 책이다. 1, 2부는 사랑을 찾는 법과 지키는 법을 모르는 남자들을 위해 썼다. 3부는 여성을 위한 사랑의 발굴과 유지에 대해 다루었다(오비디우스는 남자이기 때문에 여성을 위한 사랑 처방이 100퍼센트 정확하지 않을 수도 있다). 첫 만남에서 체위까지 '사랑의 초짜'가 궁금해할 만한 내용을 나름대로 총망라했다.

오비디우스는 『사랑의 기술』이 불륜과 무관하다고 주장한다. 이 책은 비非로마 여성이나 성매매 여성을 노리는 남성들을 위한 책이기 때문에 '정치적·법적' 문제가 없다는 것이다. 하지만 『사랑의 기술』은 2000년 전이나 지금이나 '정치적 올바름political correctness'을 거스르는 책이다. 시간과 공간을 뛰어넘는 사랑과 유혹의 ABC를 가르치고 있지만 21세기 분위기와는 잘 맞지 않는 내용도 있다. '데이트 강간'을 옹호하는 듯한 구절도 있다. 여자의 노는 노가 아니다…… 예스인 경우도 있다. 일단 키스를 나눈 사이라면 강행해도 좋다…… 저항하는 여자도 내심 바란다…… 여자들은 완력을 좋아한다는 식의 주장을 담았다.

'불륜 매뉴얼' 같기도 하고 '원조 픽업아티스트 핸드북' 같기도 한 『사랑의 기술』에 '면벌부'를 발행한 대표적 인물로는 영국의 시인이자 극작가이자 평론가인 존 드라이든이 있다. 『사랑의 기술』 제1권을 번역한 드라이든은 "이 책에 나오는 기술은 결혼하려는 사람들에게도 적용할 수 있다"고 평가했다.

저자 자신의 주장이나 평론가의 옹호에도 불구하고 수난은 계속되었다. 미국에서는 1930년에 관세법이 통과될 때까지 『사랑의 기술』의 수입이 금지되었다. 도미니쿠스 수도회 소속 수도사로서 이탈리아 종교 개혁을 시도했던 지롤라모 사보나롤라는 '허영의 소각Falò delle vanità'(1497) 행사를 통해 『사랑의 기술』을 불태웠다. '사보나롤라의 소년들'이라 불리던, 중국 문화혁명의 홍위병을 연상시키는 10대 소년단이 세상 정화를 목적으로 경건하지 못한 모든 사치품, 예술품, 서적 등을 불태운 퍼포먼스였다. 사보나롤라는 마키아벨리의 『군주론』에도 등장한다. 마키아벨리는 사보나롤라가 모세, 로물루스 등 성공한 지도자와는 달리 능력도, 준비도, 무력도 부족했다고 평가했다. 1599년 영국에서는 '주교들의 금지령Bishops' Ban'이 『사랑의 기술』을 단죄했다.

프랭크푸르트에서 출간된 『사랑의 기술』 표지, 1644년.

3대 로마 시인 중 한 명인 오비디우스가 쓴 『사랑의 기술』은 개론서이면서 교훈시다. 그리스·로마 신화와 현실 속의 사랑 문제를 테크닉뿐 아니라 아트 차원에서 멋지게 융합한 고품격 작품이다.

이런 수난은 오비디우스 생전에 시작되었다. 로마 초대 황제 아우구스투스의 명에 따라 쉰 살 때인 기원후 8년에 흑해지역에 위치한 토미스로 귀양을 갔다. 이후 『사랑의 기술』은 로마 공공도서관에서 사라졌다. 황제를 분격하게 만든 정확한 이유는 모른다. 오비디우스는 귀양살이에서 풀어달라고 수없이 편지로 읍소했다.

토미스는 종종 '야만' 부족들의 공격을 받는 로마의 변방이었다. "다른 사람들에게 들려줄 수 없는 시를 쓰는 것은 어둠 속에서 춤추는 것과 같다"는 말을 남긴 오비디우스에게 귀양살이는 처음에는 고통스러웠다. 오비디우스는 현실주의자였다. 현지 언어를 배우고 민병대에도 가입하며 현실에 적응했다. 하지만 "내 희망이 항상 이루어지는 것은 아니지만 나는 항상 희망한다"고 말한 바 있는 그는 귀환의 꿈을 버리지 못했다. 그의 세번째 아내는 로마에 남아 로비 활동을 계속했다. 오비디우스는 결국 귀양지에서 생을 마감했다. "시간은 모든 것을 삼킨다"는 자신의 말처럼 그 또한 영면永眠이라는 시간을 피할 수 없었다. 또 "모든 것은 바뀌지만 그 어느 것도 죽지 않는다"는 자신의 말처럼 그는 『사랑의 기술』을 통해 불멸의 시인이 되었다.

『사랑의 기술』이 단순히 풍기문란을 부른 책이었다면 오늘날까지 살아남지 못했을 것이다. 오비디우스는 베르길리우스, 호라티우스와 함께 시 분야에서 서구 문화의 정전正典을 마련한 3

대 로마 시인이다. 『사랑의 기술』과 오비디우스의 또다른 대표
작 『변신 이야기』는 11세기부터 중세 학교들의 라틴어 수업에서
활용되었다. 『변신 이야기』는 천지창조부터 카이사르까지의 역
사를 무대 삼아 250개의 그리스·로마 신화 요소를 재구성하고
재해석한 역작이다. 변화를 다룬 『변신 이야기』는 『주역』과 의미
있는 비교를 해볼 만한 문헌이다.

『사랑의 기술』에는 조금 야한 내용도 나온다. 2부 마지막에서
는 남자와 여자가 함께 오르가슴에 오르는 것이 좋다고 했다. 하
지만 워낙 지극히 우아한 명문장으로 썼기 때문에 포르노그래피
를 연상시키지는 않는다. 각기 영국과 독일을 대표하는 대문호
셰익스피어와 괴테에게도 커다란 영향을 주었다.

『사랑의 기술』은 '사랑의 기예' '사랑 핸드북' '사랑 매뉴얼'로
번역해도 될 만한 사랑의 기본 원리를 담았다. 요약하면 대략 이
런 내용이다.

"감나무 밑에 누워서 홍시 떨어지기를 기다린다"는 속담은 무
엇이든 최소한의 행동과 실천이 필요하다고 가르친다. 오비디우
스는 사랑을 찾아 나서야 한다고 가르친다. 사랑은 하늘에서 떨
어지지 않는다. 누군가가 내 눈에 들어오고 누군가의 눈에 내가
들어가야 사랑을 위한 유혹이 시작될 수 있다.

오비디우스에게 유혹은 사냥과 같았다. 어디서 사냥할 것인
가. 그는 회랑, 경마장, 검투장, 국가 행사, 극장, 서커스, 시장, 술

잔치 등 사람들이 모일 만한 모든 장소가 다 중요하다고 보았다. 그중 극장이 최고라고 주장했다.

사랑을 위한 장소로 가기 전에 기본기는 갖추어야 한다. 오비디우스는 사랑의 기본을 중시했다. 개인위생을 중시했다. 코털도 보이면 안 되었다(남자의 코에서 삐져나온 코털을 좋아하는 여성이 있을 수도 있겠지만). 사랑의 에티켓으로는 '그의 생일을 잊지 말 것' '그의 나이를 묻지 말 것'을 당부했다.

사랑은 군생활 같다고 인식한 오비디우스는 "사랑에 빠진 모든 사람은 병사다" "사랑은 일종의 전쟁이다"라고 말했다. 사랑이라는 전쟁에서 가장 중요한 것은 무엇일까? 전쟁에서 가장 중요한 것은 무엇일까? 사기가 하늘을 찔러야 한다. 기본 중의 기본은 자신감이다. 오비디우스는 이 말로 자신감이 가장 중요하다고 역설했다. "무엇보다도 어떤 여자든 모두 정복할 수 있다는 자신감으로 충만하라."

사랑에 밀당이 필요한 것은 사랑이 전쟁이기 때문이다. 밀고 당기기를 거듭하는 것이 전쟁이요, 전투다. 오비디우스는 사랑에서도 작전상 후퇴가 필요하며 상대편이 나를 적당히 그리워하게 만들어야 한다고 주장했다. 물론 사랑과 전쟁은 다르다. 오비디우스는 "항복하면 여러분은 승리를 쟁취하게 될 것이다"라고 말했다. 정치는 전쟁보다 상위에 자리잡고 있다. 전쟁에서는 한 뼘의 땅도 양보할 수 없다. 하지만 정치나 사랑에서는 다르다. 정치와 사랑에서는 '지는 것이 이기는 것'인 경우도 있다.

사랑에도 보편과 특수가 있다. 오비디우스에게 연애편지는 보편적인 사랑의 도구다. 하지만 학식이 높거나 학식을 숭상하는 여자에게는 시를 써서 바쳐야 한다고 주장했다.

사랑의 기술은 '속임수의 기술'이기도 하다. 아부는 기본이요, 가짜 눈물도 필요하며 오르가슴을 느끼는 시늉도 필요하다는 것이 오비디우스가 파악한 사랑의 요령이다.

오비디우스는 기원전 43년 로마에서 동쪽으로 145킬로미터가량 떨어져 있는 술모Sulmo에서 태어났다. 부유한 집이었다. 신분상으로는 기사계급이었다. 로마 사회에서 둘째가는 계급이었다. 오비디우스의 아버지는 아들이 관료, 정치인으로 출세하기를 기대했다. 하지만 시인이 되기로 마음먹은 오비디우스는 종종 학교에 가지 않고 땡땡이를 부렸다. 아버지의 강요에 못 이겨 잠시 하급 관리생활을 했다. 오비디우스는 그리스·시칠리아·근동 지역을 다니며 넓은 세상을 보았다. 첫 작품『사랑Amores』을 발표하자마자 셀럽이 되었다.

오비디우스는 현실주의자·실용주의자·온건주의자였다. 다음과 같은 말을 남겼다.

· 목적이 수단을 정당화한다.
· 군주는 벌은 천천히 주고 상은 빨리 주어야 할 것이다.

· 적들에게도 배워야 한다.

· 중간에 있는 것이 가장 안전하다.

냉소주의적인 면도 있었다. 특히 종교나 윤리에 대해 이렇게 말했다.

· 새로운 아이디어는 다치기 쉽다. 비웃음이나 하품에도 죽임을 당할 수 있는 것이 새로운 아이디어다.

· 죄를 범하도록 허락받은 사람은 죄를 덜 짓는다.

· 신이 있는 것이 편리하다. 신이 있는 것이 편리하니 신이 있다고 믿자.

『사랑의 기술』의 영문판(모던 라이브러리판)은 이 책을 읽은 덕분에 차지할 사랑의 트로피에 다음과 같이 새겨달라는 부탁으로 끝난다. "우리의 스승 오비디우스는 우리가 아는 모든 것을 우리에게 가르쳤다."

『사랑의 기술』은 사랑을 테크닉 차원뿐 아니라 아트 차원에서 이해하는 교과서다. 테크닉은 쉽게 익힐 수 있다. 아트는 시간이 걸린다. 오비디우스는 "운명의 신은 성의 없는 기도에는 반응하지 않는다"고 했다. 성의를 표시하려면 두고두고 시간을 들여 애써야 한다. 오비디우스는 사랑을 단거리 경주가 아니라 장거리 경주라고 이해했다. 그래서 우정이 사랑으로 발전하는 수도 있다는 것이다. 우정이 사랑이 되려면 시간이 걸린다. 오비디우스는 생김새 못지않게 성품도 중요하다고 주장했다. 성품은 하루아침에 쌓을 수 없다.

　『사랑의 기술』은 개론서다. '요즘에는 초등학생들도 아는 내용이다'라며 시큰둥한 반응을 보이는 독자들도 있으리라. 『사랑의 기술』은 교훈시教訓詩다. 오비디우스는 이래라 저래라 잔소리하며 독자들을 가르치려 든다. '별 내용도 없는데 나를 가르치려 들다니'라는 반응도 예상된다. 하지만 『사랑의 기술』은 그리스·로마 신화와 현실 속의 사랑 문제를 솜씨 있게 융합한 고품격 작품이기도 하다. 제대로 이해하는 것이 쉽지만은 않은 책이다. 초급도, 중급도, 고급도 모두 뭔가 건질 것이 있는 책이 좋은 책이다. 『사랑의 기술』의 자매편은 『사랑의 치유Remedia Amoris』다. 사랑에서 빠져나오는 법을 가르쳐준다.

오비디우스 일생

기원전 43년	로마 인근 술모에서 출생
기원전 27년	옥타비아누스, 초대 로마 황제로 즉위
기원전 25~기원전 20년	『사랑』 출간
기원후 1년 이후	『사랑의 기술』 출간
기원후 8년	『변신 이야기』 완성, 로마의 초대 황제, 오비디우스를 흑해지역에 있는 토미스로 추방
기원후 17년	토미스에서 사망

오비디우스의 말말말

사랑은 불안과 공포로 가득하다.

사랑은 바쁨을 이길 수 없다. 사랑에서 빠져나오는 길을 찾는다면 바쁘게 살라. 그러면 안전하게 된다.

오늘 사랑할 준비가 안 된 사람은, 내일은 더더욱 사랑할 준비가 미흡할 것이다.

사랑받기를 바란다면 사랑스러운 사람이 되어라.

시도조차 하지 말거나 시작했다면 끝장을 보라.

인내하라. 강한 사람이 되어라. 언젠가는 이번 고통마저도 네게 쓸모가 있을 것이다.

사람들은 금지된 것을 위해 애쓴다.

어둠 속에서는 모든 여자가 아름답다.

사랑과 와인이 만나는 것은 불에 기름을 붓는 것과 같다. 그에 대해 제대로 알기를 바란다면 그를 맨 정신으로 대낮에 보라.

오늘 우리는 진정 황금기에 살고 있다. 황금은 명예를 살 수 있고 사랑도 얻을 수 있다.

5

Song of Solomon

5

구약성경의 『아가』

우리말에서 '아하다雅-'는 "깨끗하고 맑다"는 뜻이다. 구약성경의 『아가雅歌』는 '아하다'보다는 '야하다'는 느낌이 더 강하다. 『아가』가 성경에 어떻게 포함되었는지 의아하다는 사람들이 많다. 『욥기』와 더불어 유대교·그리스도교 성경 속 미스터리 텍스트다. 『아가』는 서양문학사에서 가장 에로틱한 시詩로 손꼽힌다. 다음과 같은 내용이 나온다.

그리워라, 뜨거운 임의 입술, 포도주보다 달콤한 임의 사랑.
임의 향내, 그지없이 싱그럽고 임의 이름, 따라놓은 향수 같아 아가씨들이 사랑한다오. 아무렴, 사랑하고말고요. 임을 따라 달음질치고 싶어라. 나의 임금님, 어서 임의 방으로 데려가주세요. 그대 있기에 우리는 기쁘고 즐거워 포도주보다 달콤한 그대 사랑 기리며 노래하려네.

-공동번역 1:2~4

그가 왼팔로 내 머리를 고이고 오른팔로 나를 안는구나.

-개역개정 2:6

네 키는 종려나무 같고 네 유방은 그 열매송이 같구나.

-개역개정 7:7

　이런 낯 뜨거운 표현 때문에 『아가』를 성경에 포함시키면 안 된다는 의견도 제시되었다. 『아가』가 유대교 경전으로 확정된 것은 2세기다. 『탈무드』에 나오는 랍비 중에서 가장 존경받는 아키바가 『아가』를 포함해야 한다고 강력히 주장했다. 90년 잠니아 공의회에서다. 히브리 성경을 확정하고 유대교 회당에서 '예수가 메시아라고 믿는 사람들'을 추방하기로 한 공의회였다.
　『아가』는 고대부터 지금까지 유대인들이 관혼상제와 예배에서 부르고 읊는 노래다. 신약성경은 『아가』를 전혀 언급하거나 암시하지 않는다. 하지만 그리스도교는 유대교와 마찬가지로

『아가』를 정경으로 받아들였다. 만약 신이 존재한다면 그는 왜『아가』를 성경에 포함시키게 했을까. 어떤 깊은 뜻이 담긴 것일까.

히브리어로 '쉬르 핫시림'인『아가』는 영어로는 '솔로몬의 노래Song of Solomon' '노래 중의 노래Song of Songs'다. 예수를 '왕중왕King of Kings'이라고 칭하는 것과 같은 어법이 사용되었다.『아가』는 '최고의 노래'다.

『아가』를 둘러싼 여러 논란 중 하나는 '통일성' 문제다.『아가』에 통일적인 구조가 있다는 주장과 그렇지 않다는 주장이 대립한다. 대략 문학적으로 보았을 때『아가』에 구성plot은 없으나 틀framework은 있다는 식으로 정리할 수 있다.

『아가』의 무대는 봄이다. 주인공은 해석에 따라 두 명 또는 세명이다. '슐람Shulam'이라는 마을 출신 아가씨와 목동 사내, 솔로몬 왕이다. 그중에서도 진짜 주인공은 '슐람' 아가씨다.『아가』를 삼각관계로 보면 슐람 아가씨를 후궁으로 삼으려는 솔로몬은 경쟁관계다. 아가씨의 집안 식구들은 목동과 맺어지는 데 반대한다. 아가씨는 신파극 〈이수일과 심순애〉에 나오는 '김중배의 다이아몬드'가 아니라 목동을 선택한다.

『아가』의 저자는 솔로몬으로 되어 있다. 현대 학자들은 솔로몬이 저자라는 전통적인 견해에 대해 회의적이다. 솔로몬이 저자라면『아가』의 집필 시기는 솔로몬의 재위 시기인 기원전 971년에서 기원전 931년이다. 전통적인 견해에 따르면 솔로몬은

『잠언』과 『전도서』의 저자이기도 하다. 『아가』는 솔로몬이 청년, 『잠언』은 중년, 『전도서』는 노년이었을 때 썼다고 볼 수 있다. 성숙한 중년이나 인생의 덧없음을 알게 된 노년이 아니라 혈기 왕성할 때 쓴 시다.

솔로몬이 시바의 여왕을 위해 『아가』를 썼다는 설도 있다. 동조자가 별로 없는 주장이다. 다윗 왕과 밧세바 사이에서 태어난 솔로몬은 다윗의 11번째 아들이다. 그는 현자이자 색한色漢, 즉 "여색을 몹시 좋아하는 남자"다. 영웅호색(솔로몬 사후 나라가 분단된 것은 그의 호색 때문이었을까)? 솔로몬은 책임져야 할 여자가 정말 많았다. 성경에 다음과 같이 나온다.

왕비가 육십 명이요 후궁이 팔십 명이요 시녀가 무수하되……
－개역개정 6:8

왕은 후궁이 칠백 명이요 첩이 삼백 명이라 그의 여인들이 왕의 마음을 돌아서게 하였더라.
－개역개정 『열왕기』상, 11:3

저자가 솔로몬이 아니라면 누굴까. 궁중 시인이거나 '남자 평민'일 가능성에, '여성이다' '적어도 여성을 잘 이해하는 남성이다'라는 주장에 지지를 얻고 있다. 아마도 『아가』는 1000년 이상

걸친 중동 사회 '집단 지성'의 산물이다. 역사학적·언어학적으로 분석해보면 『아가』의 탄생은 기원전 10세기가 아니라 그 이상으로 거슬러 올라간다. 게다가 헬레니즘 문명의 영향까지 받았다. 『아가』가 최종 완성된 것은 기원전 3세기에서 기원전 2세기다.

　『아가』의 모태는 이집트나 바빌로니아의 사랑 이야기일 가능성이 크다. 배경은 풍산종교fertility religion다. 풍산豐産은 "풍부하게 산출됨"이다. 고대 메소포타미아인들은 남신과 여신의 성적 만남에 지구의 풍산이 달렸다고 보았다. 탐무즈(수메르·바빌로니아의 농경과 목축의 남신)와 이슈타르(앗시리아·바빌로니아의 사랑과 풍요, 전쟁의 여신)의 교합이 『아가』의 원형에 포함되는지도 모른다. 한편, 『아가』와 19세기 팔레스타인에 살던 아랍인들의 결혼식 노래에서도 공통점이 발견된다.

　인류의 오랜 숙제인 남녀평등은 역사적으로 굉장히 복잡한 문제다. 근대인이 고대인보다 더 남녀평등적인 것은 아니다. 『아가』에 나오는 아가씨와 목동의 관계는 평등하다. 아가씨가 반강제로 남자 주인공을 방으로 데려가기도 한다. 남성은 여성을 일방적으로 찬양하고 여성은 주로 찬양을 듣는 관계도 아니다. 남녀구별 없이 솔직하게 상대편에게 서로 '아부'한다. 이렇게.

　사내들 가운데 서 계시는 그대, 나의 임은 잡목 속에 솟은 능금나무, 그 그늘 아래 뒹굴며 달디단 열매 맛보고 싶어라.

귀스타브 모로, 〈아가〉, 1893년.

서양문학사에서 가장 에로틱한 시로 손꼽히는 『아가』는 유대인들이 관혼상제와 예
배에서 부르고 읊었던 최고의 노래다. 『아가』는 사랑은 뜨겁고 물불을 가리지 말아
야 하고 죽음보다 강하다는 메시지와 함께 부적절한 육체적 사랑은 피해야 한다는
교훈을 전한다.

-공동번역 2:3

그대, 내 사랑, 아름다워라. 아름다워라, 비둘기 같은 눈동자.

-공동번역 1:15

현대의 진보적인 학자들은 대체로『아가』를 종교와 무관한 세속의 '사랑 노래 모음집'으로 이해한다. 상징적으로 해석하지 않는다(하지만 그들도『아가』에서 상징을 발견한다).『아가』의 경우에는 글자 그대로 읽어야 한다는 것이다.

전통적인 해석은 상징적으로 해석한다.『아가』는 신과 이스라엘 민족(유대교), 그리스도와 교회(그리스도교), 그리스도와 인간 개개인 영혼(중세 그리스도교 신비주의) 사이의 사랑을 그린 노래라는 것이다(유대교나 그리스도교에서 신과 인간은 '계약'관계다. '갑을 계약관계'인지는 모르겠지만 같은 계약 당사자라는 면에서는 동등하다. 어느 한쪽이 계약을 깰 수 있다).

『아가』는 중세 수도사들이 가장 많이 필사한 성경이었다. 어쩌면 그들에게『아가』는 그들의 성욕을 승화시키는 수단이었는지도 모른다. 12세기부터『아가』의 아가씨를 성모 마리아로 해석한 신학자들이 나왔다.『아가』 2장 1절에 나오는 '무궁화' '샤론의 장미Rose of Sharon'는 성모 마리아로 해석되었다. 일각에서는 유럽의 예술가들이 성모 마리아를 '검은 마돈나Black Madonna'로

형상화한 이유를 『아가』에서 찾는다. 근거가 뭘까. 아가씨의 피부가 검다고 표현한 다음 구절이다.

> 예루살렘의 아가씨들아, 나 비록 가뭇하지만 케달의 천막처럼, 실마에 두른 휘장처럼 귀엽다는구나.
>
> -공동번역 1:5

우리 성경 번역의 '가뭇하다' '귀엽다'는 영어 성경의 경우 "나는 검고 사랑스럽다I am black and lovely" 또는 "나는 검지만 사랑스럽다I am black but lovely"로 표현된다. 인종주의에 반대하는 정서는 'but'보다 'and'를 선호한다.

아가씨는 왜 가뭇했을까. 아마도 그가 상류층이 아니라 땡볕에서 일하는 당시의 보통 사람이었기 때문이다.

『아가』는 다음과 같이 설명한다.

> 가뭇하다고 깔보지 마라. 오빠들 성화에 못 이겨 내 포도원은 버려둔 채, 오빠들의 포도원을 돌보느라고 햇볕에 그을은 탓이란다.
>
> -공동번역 1:6

여기 나오는 '내 포도원'은 흔히 처녀성을 의미하는 것으로 해석된다.

『아가』를 성행위에 대한 은유로 가득한 문서로 보고 구절구절마다 야한 장면을 상상하는 것은 잘못된 해석 방법이라는 주장이 있다. 또 주인공들이 '관계'를 결국 한 것인가, 안 한 것인가는 중요하지 않다는 것이다(여러 해석 모두 일리가 있다고 본다면 종합적으로 판단해야 한다).

『아가』는 원초적이다. 주인공들이 사랑에 빠진 이유는 상대편의 성격이나 지성, 재력 때문이 아니다. 오로지 외모다. 『아가』의 사랑은 '정신적' 사랑이 아니라 일단 '육체적' 사랑이다. 『아가』에는 신이 본격적으로 등장하지 않는다.

원초적 문헌으로서 『아가』는 사랑을 어떻게 이해했을까. 서로 소유하는 것이다. 다음과 같이 나온다.

내 사랑하는 자는 내게 속하였고 나는 그에게 속하였도다.

―개역개정2:16

얄궂게도 심플한 사랑 노래인 『아가』는 해석하기 힘들다. 2000년이 넘는 언어 장벽이 있다. 우리에게 생소한 고유 명사가 많다.

두 유방은 암사슴의 쌍태 새끼 같고, 목은 상아 망대 같구나.

눈은 헤스본 바드랍빔 문 곁에 있는 연못 같고, 코는 다메섹을 향한 레바논 망대 같구나. 머리는 갈멜 산 같고 드리운 머리털은 자주 빛이 있으니 왕이 그 머리카락에 매이었구나.

-개역개정 7:3~5

앞의 문장을 제대로 이해하려면 헤스본, 바드랍빔, 다메섹, 갈멜이 뭔지 찾아보아야 한다. 또 언어 장벽은 오해를 낳는다. 다음 구절은 근친상간과 연관 있는지 논란이 있다.

나의 누이, 나의 신부여, 그대 사랑 아름다워라. 그대 사랑 포도주보다 달아라. 그대가 풍기는 향내보다 더 향기로운 향수가 어디 있으랴.

-공동번역 4:10

내 누이, 내 신부는 잠근 동산이요 덮은 우물이요 봉한 샘이로구나.

-개역개정 4:12

여기서 "잠근 동산" "덮은 우물"은 순결을 상징한다. 남성에게 누이는 성적 대상이 아니다. '누이＝신부'는 근친상간을 암시하는 것이 아니다. 남자 주인공이 스스로에게 '혼전 순결'을 다짐하는 것으로 해석할 수 있다. 결혼 전에는 아가씨가 나의 누이인 것이다.

언어 관습 차원에서는 어떻게 볼 수 있을까. 우리말에서 아저씨나 아가씨는 친족 호칭이다. 하지만 아저씨는 "남남끼리에서 성인 남자를 예사롭게 이르거나 부르는 말", 아가씨는 "시집갈 나이의 여자를 이르거나 부르는 말"이기도 하다. 마찬가지로 중동지역에서 누이는 자신 또래의 여성을 부르는 말이었다. 따라서 '내 누이'는 '나와 동등한 사람'으로 이해하는 것이 더 정확하다는 주장이 있다.

『아가』에서 배우는 사랑의 ABC로는 어떤 것이 있을까. 어쩌면 하나 마나 한 이야기지만 우리가 종종 잊어버리는 것이 있다. 사랑은 뜨겁고 물불을 가리지 말아야 하며 죽음보다 강하다는 것이다. 그렇지 않은 것은 사랑이 아니다. 미지근하거나 죽음보다 약하다면 참된 사랑이 아니다. 공자는 "나는 여색을 좋아하듯이 덕을 좋아하는 사람을 아직 보지 못했다"고 말했다. 그만큼 사랑과 성욕은 강하다. 『아가』는 다음과 같이 말한다.

사랑은 죽음같이 강하고 질투는 스올같이 잔인하며 불길같이 일어나니 그 기세가 여호와의 불과 같으니라.

                                                        –개역개정 8:6

많은 물도 이 사랑을 끄지 못하겠고 홍수라도 삼키지 못하나니 사람이 그의 온 가산을 다 주고 사랑과 바꾸려 할지라도 오히려 멸시를 받으리라.

-개역개정 8:7

다음 구절은 어떤 뜻일까.

예루살렘 딸들아 내가 노루와 들사슴을 두고 너희에게 부탁한다. 내 사랑이 원하기 전에는 흔들지 말고 깨우지 말지니라.

-개역개정 2:7

한창 달콤한 운우지정雲雨之情을 나누고 있는데 방해하지 말라는 뜻일까. 영어 성경(NIV판)을 보면 이렇게 나온다.

사랑이 바라기 전에는 사랑을 자극하거나 깨우지 말라Do not arouse or awaken love until it so desires.

-새국제판성경NIV 8:4

이 말은 '너무 사랑에 일찍 빠지지 말라'는 뜻이다. 사랑에는 기다림이 필요하다는 것이다.

또『아가』는 사랑에는 우여곡절이 있다는 것을 가르친다.『아가』의 아가씨는 문 앞에 와 있는 사내에게 문을 너무 늦게 열어 주었다가 사내가 떠나버려 후회하기도 한다. 사랑은 일사천리가 아니다. "거침없이 빨리 진행되는" 사랑도 있지만 멀리 돌아가는 사랑이 더 많다.

어쩌면 『아가』의 결론은 『잠언』에 나온다. 이렇게.

네 샘터가 복된 줄 알아라. 젊어서 맞은 아내에게서 즐거움을 찾아라. 사랑스러운 네 암노루, 귀여운 네 암사슴, 언제나 그 가슴에 파묻혀 늘 그의 사랑으로 만족하여라. 아들아, 어찌 탕녀에게 빠지며 유부녀를 끼고 자겠느냐?

-공동번역 『잠언』 5:18~20

구약성경은 '육체적 사랑' 그 자체는 죄악시하지 않았다. 하지만 '부적절한 육체적 사랑'은 피해야 한다는 것이 『아가』의 교훈이다.

6

La Trilogie de Figaro

6

보마르셰의
'피가로 3부작'

프랑스혁명 발발에
일조한 '막장 드라마'

1826년 '풍자 전문' 주간지로 창간된(1866년에 일간지로 바뀌었
다) 프랑스의 중도우파 일간지 『르피가로』는 중도좌파 일간지
『르몽드』와 함께 프랑스 언론의 자존심이다. 왜 이름이 '르피가
로'일까. 보마르셰의 희곡 『피가로의 결혼』에 대한 오마주다. 피
가로는 특권에 대한 비판의 자유, 신분 타파를 위한 혁명을 상징
한다.

　사랑은 비극인가, 희극인가, 희비극인가. 사람마다 다를 것이
다. 사람마다 다른 것이 사랑 체험이다. 그런데 개인의 사랑 체험
은 정치적·사회적 구조의 영향을 받는다. 특히 결혼이라는 '사랑

의 제도화'가 그렇다. 어떤 사랑은 막장 드라마다. 출생의 비밀이 등장하고 배다른 남매가 사랑에 빠지기도 한다. 하지만 사랑이나 결혼이 처한 사회구조 자체가 막장인 경우도 있다.

피에르 오귀스탱 카롱 드 보마르셰가 쓴 '피가로 3부작'은 막장 드라마 3부작이다. 말이 안 되는 사회의 막장구조와 맞선 저항적인 희곡이기도 하다. '피가로 3부작'은 1부 『세비야의 이발사La Trilogie de Figaro』(1773년 집필 완료, 1775년 초연), 2부 『피가로의 결혼Le mariage de Figaro』(1778년 집필 완료, 1784년 초연), 3부 『죄지은 어머니La Mère Coupable』(1792년 집필 완료 및 초연)로 구성된다. 오늘의 기준으로는 아니더라도 당시 기준으로는 세 작품 모두 래디컬radical하다. 래디컬의 가장 적절한 우리말 번역은 '막장'이나 '끝장'일 수도 있다.

세 작품 모두 피가로가 주인공이다. 모두 결혼이라는 해피엔딩으로 끝난다(결혼에 부정적인 독자라면 세 작품 모두 로맨틱 코미디가 아니라 비극이겠지만). 『세비야의 이발사』에서 알마비바Almaviva(생생한 영혼) 백작은 로진에게 첫눈에 반한다. 알마비바에게는 로진의 후견인인 바르톨로라는 라이벌이 있다. 피가로의 맹활약으로 알마비바와 로진은 결혼에 골인한다(『피가로의 결혼』에서 바르톨로는 피가로의 생부, 피가로와 결혼을 꿈꾸는 나이든 하녀 마르셀린은 피가로의 생모로 밝혀진다).

결혼 3년 후 상황이 펼쳐지는 『피가로의 결혼』에서 백작은 백작부인 로진에 대한 사랑이 식었다. 한눈을 판다. 백작은 피가로의 약혼녀인 하녀 쉬잔에게 눈독을 들인다.『세비야의 이발사』에 나온 알마비바 백작은 순수한 사랑을 원했기에 로진에게 자신이 백작이라는 사실을 숨기고 접근했다. 그러던 그가 바람기를 억누르지 못하고 하인이자 친구인 피가로를 배신하고 쉬잔을 넘본다. 쉬잔은 여자의 육감으로 백작이 자신을 어떻게 해보려 한다는 것을 직감하고 피가로에게 백작의 꿍꿍이를 알린다. 피가로는 처음에는 백작의 배신을 믿지 못한다. 피가로는 쉬잔, 백작부인과 연대하여 계략으로 결혼 반대 세력에 대항한다. 우여곡절 끝에 피가로와 쉬잔은 혼례를 치른다.

1784년 코메디프랑세즈 극장에서『피가로의 결혼』의 첫 막이 올랐을 때 밀려든 인파 때문에 세 명이 압사했다. 민중뿐 아니라 귀족들도 이 삼각관계 이야기에 열광했다. 귀족들은 자신들도 모르는 사이에 제 무덤을 파고 있었다.『피가로의 결혼』은 루소와 볼테르의 저작과 더불어 프랑스혁명 발발의 배경을 장악한 3대 문헌이기 때문이다. 당시 프랑스를 다스리던 루이 16세는 꽉 막힌 군주는 아니었다. 재정 개혁과 입헌군주제를 모색했지만 미적거리다가 단두대의 이슬로 사라졌다.『피가로의 결혼』의 상연을 허가하는 데도 수년을 망설였다. 1778년 완성된『피가로의 결혼』이 왕의 최종 허락을 얻은 것은 6년 후였다. 시민극이 된『피가로의 결혼』초연 후 5년 만에 프랑스혁명이 일어났다.

『피가로의 결혼』 2막의 한 장면, 1785년.

'피가로 3부작'의 주인공 피가로는 상류층·귀족의 퇴폐적 행태와 타락을 고발했다. 또한 사회 체제뿐 아니라 사랑과 결혼의 문제에도 질문을 던진다. 사랑의 전쟁터 같은 '피가로 3부작' 중 『피가로의 결혼』은 사회 개혁을 요구하는 프랑스혁명 발발에 일조했다.

신분 개혁을 요구하는 시대였다. 적당히 민중의 요구를 들어주는 것이 앙시앵레짐ancien régime(구체제)의 안정을 위해 필요했다. 왕비 마리 앙투아네트도 상연 허가를 종용하는 입장이었다. 하지만 피가로라는 가상 인물에게는 통제하기 어려운 폭발력이 있었다. 피가로는 상류층과 귀족의 퇴폐적 행태와 타락을 고발했다. 피가로는 알마비바 백작에게 대놓고 화를 내기도 한다. 고분고분하지 않다. 또 피가로는 백작보다 더 똑똑하다. 계략을 잘 꾸미는 꾀돌이다. 하인은 하인답고 주인은 주인다운 것이 서로에게 편한지도 모른다. 피가로는 능력으로 따지면 상전 같은 하인이다.

『피가로의 결혼』5막 3장에서 피가로는 일장연설 같은 긴 독백을 한다. 핵심은 신분 세습에 대한 비판이다. 이런 식이다. 당신네 귀족들은 자신이 위대한 천재인 줄 안다. 당신들이 향유하는 재산이나 지위를 감안하면 콧대가 높을 만도 하다. 하지만 당신들은 당신들이 누리고 있는 것을 누릴 자격을 얻기 위해 무엇을 했는가. '응애' 하고 태어난 것밖에 더 있는가. 귀족의 자식으로 태어난 것을 제외하곤 당신들은 매우 평범한 인간들이다. 루이 16세는 "이 연극이 위험이 되지 않으려면, 바스티유 감옥을 허물어야 할 것이다"라고 말했다. 나폴레옹은『피가로의 결혼』에 대해 "혁명 이전에 이미 실행에 옮겨진 혁명"이라고 평가했다.

『피가로의 결혼』은 검열관의 눈을 의식한 자기 검열과 타협의 산물이다. 작품의 무대는 프랑스가 아니라 스페인 세비야 근처에 있는 아과스프레스카스Aguas Frescas 성城이다.

모차르트가 보마르셰의 『피가로의 결혼』을 바탕으로 작곡하여 1786년 빈 궁정 극장에서 초연한 동명의 희가극喜歌劇도 원작의 운명과 비슷한 과정을 거쳤다. 검열에 통과하기 위해 계급 간의 갈등 요소를 최대한 배제했다. 그런데도 허가가 쉽게 나지 않았다. 신성로마제국 황제 요제프 2세가 신분제 개혁에 나섰기에 대폭 순화된 형태로는 공연이 가능했다.

보마르셰는 박지원과 동시대 인물이다. 『표준국어대사전』에 박지원의 작품인 『양반전』 『허생전』을 찾아보면 다음과 같이 나온다.

양반전兩班傳

박지원이 지은 한문 소설. 가난한 양반이 관아에 진 빚을 갚기 위하여 고을 원의 배석하에 천한 신분의 부자에게 양반 신분을 팔려고 하였으나 양반의 조건이 너무 까다로워 부자가 양반 신분을 사양하였다는 내용이다. 양반 계급의 허위와 부패를 폭로하였으며 실학사상을 고취하였다.

허생전許生傳

조선 정조 때 박지원이 지은 한문 단편 소설. 허생의 상행위를 통하여 당시 허약한 국가 경제를 비판하고, 양반의 무능과 허위의식을 풍자한 작품으로,『열하일기』의 「옥갑야화 玉匣夜話」에 실려 있다.

"양반 계급의 허위와 부패를 폭로" "양반의 무능과 허위의식을 풍자"라는 표현에서 볼 수 있듯이 18세기 조선은 프랑스와 마찬가지로 지배계급에 대한 비판의식이 고조된 나라였다. 보마르세는 영조, 정조와 동시대의 인물이기도 하다.『표준국어대사전』은 영·정조 시대에 형성된 것으로 추정되는『춘향전』을 다음과 같이 소개한다.

춘향전 春香傳

조선 시대의 판소리계 소설. 주인공 성춘향과 이몽룡의 사랑 이야기를 중심으로, 당시 사회적 특권 계급의 횡포를 고발하고 춘향의 정절을 찬양하면서, 천민의 신분 상승 욕구도 나타내었다. 작가와 연대는 알 수 없다.

프랑스에 보마르세가 있었다면 조선에는 박지원이 있었다. 프랑스에 피가로가 있다면 조선에는『춘향전』의 방자가 있다. 알마비바 백작이 피가로의 놀림거리였던 것처럼 이도령은 방자의 '밥'이었다.『피가로의 결혼』에서 같은 하인인 피가로와 쉬잔이

맺어진 것처럼 방자는 향단의 짝이 된다.

『피가로의 결혼』의 쟁점 중 하나는 초야권初夜權이다. 초야권에 대해『표준국어대사전』은 "서민이 결혼할 때에 추장, 영주, 승려 등이 신랑보다 먼저 신부와 잠자리를 같이할 수 있는 권리. 미개 사회나 봉건 시대의 일부 지역에서 볼 수 있다"라고 정의한다. 초야권의 실제 존재 여부에 대해서는 논란이 있다.『춘향전』의 청중을 분노하게 만드는 악습은 변사또가 춘향에게 요구하는 수청守廳(아녀자나 기생이 높은 벼슬아치에게 몸을 바쳐 시중을 들던 일)이다. 초야권이나 수청 모두 말이 안 된다. 둘 다 권력 남용이다. 프랑스에는 대혁명이 일어났고 조선에서는 혁명이 없었다. 혁명이라는 차이만 있었을 뿐 어쩌면 역사는 같은 방향으로 나아가고 있었는지도 모른다.

'피가로 3부작'의 저자 보마르셰는 어떤 인물이었을까. 보마르셰는 '폴리매스'였다. 보마르셰는 발명가, 사업가, 스파이, 연주가, 작곡가, 외교관, 원예가였다.

보마르셰는 시계공의 아들로 태어났다. 열세 살부터 아버지에게 일을 배우기 시작했다. 손재주가 좋았다. 1753년 스물한 살에 탈진기脫進機를 발명했다. 탈진기는 시계 톱니바퀴의 회전 속도를 고르게 하는 장치다. 루이 15세의 공주 네 명에게는 궁정에 출입하며 하프를 가르쳤다. 보마르셰는 신분 상승과 성공에 대한 욕구가 강한 기회주의자였다. 그는 돈을 주고 귀족처럼 이름에 드de를 붙일 수 있는 권리를 얻었다. 그는 재능과 노력도 중요하지만 성공을 위해서는 연줄도 필요하고 아부도 필요하다는 것을 알았고 또 이를 실천했다.

신이라든가 우주의 신비에 대해서는 별 관심이 없는 인물이었다. 돈벌이에 관심이 많았던 보마르셰는 '어리석게' 혁명과 진보에 가담하여 한몫 보려고 했다. 그는 '쌍둥이혁명'이라 불리는 미국혁명, 프랑스혁명에 기여했다. 1776년 겨울 미국혁명은 영국 측의 승리로 기운 상태였다. 전세를 역전시킨 것은 보마르셰의 기여였다. 보마르셰는 1777년 2만 5000명이 사용할 수 있는 군수품을 미국 독립군에 전달했다. 2억 100만 달러어치였다. 부족한 돈은 빌려서 마련했다. 미국혁명의 향방에 결정적인 새러토가 전투에서 독립군이 승리할 수 있었다. 1778년 프랑스가 미국 독립 전쟁에 참전하기 전부터 보마르셰는 개인 자격으로 뛰어들었던 것이다. 하지만 미국 대륙회의Continental Congress는 보마르셰에게 돈을 지불하지 않았다. 1835년 미국은 보마르셰가 받아야 할 돈의 35퍼센트를 그의 상속인들에게 지급했다. 보마르셰는 프랑스 계몽기 사상가 볼테르의 사망 직후 '볼테르 전집' 출간에 착수했다. 프랑스혁명에 크게 기여했지만 보마르셰의 세상이 온 것은 아니었다. 먼저 그가 돈이 너무 많은 것이 문제였다. 또 보마르셰는 혁명이 자유를 위협한다고 생각했다. 그는 정부를 비판하다 1792년 8월에는 감옥에 갇히기까지 했다. 원하지 않은 망명생활을 하다가 1796년 집정관 시대 프랑스로 돌아온 뒤 사망했다.

『세비야의 이발사』 1막 2장에서 피가로는 "나는 모든 일에 서둘러 웃는다. 어쩔 수 없이 울어야 되는 것이 두렵기 때문이다"라고 말한다. 『세비야의 이발사』는 『피가로의 결혼』 못지않게 혁명을 잉태하고 있다는 평가를 받는다. 하지만 『세비야의 이발사』의 소극적·방어적 웃음은 『피가로의 결혼』에서 적극적·공세적으로 바뀐다. 피가로는 귀족들을 조롱한다. 정신없는 일이 하루 동안 벌어지는 『피가로의 결혼』은 사회 체제뿐 아니라 사랑과 결혼의 문제에 질문을 던진다.

『피가로의 결혼』 1막 9장에서 피가로는 이렇게 말한다. "모든 진지한 일 중에서 결혼이 가장 우스꽝스럽다." 『피가로의 결혼』에 나타난 결혼관은 부정적이다. 하지만 모든 극중 인물들이 결혼하려고 난리다. 어쩌면 그것이 18세기와 21세기의 다른 점인지도 모른다. 사랑과 결혼을 방해하는 것, 원하지 않는 사랑과 결혼을 강요하는 것이 용납되지 않는 시대가 되었다. 하지만 상당수 사람이 사랑도, 결혼도 하려고 하지 않는다. 왜일까. 어쩌면 '본능'과 '비용'이 충돌하여 '비용'이 이기기 때문일지도 모른다.

『피가로의 결혼』 2막 21장에는 "목마르지 않아도 마시고 때를 가리지 않고 사랑하는 것 말고는 우리와 다른 짐승들을 구분할 것이 없다"는 말이 나온다. 사랑은 사람을 사람답게 만드는 본능이다. 하지만 비용이 크다. 4막 1장에서는 "사랑에 관한 한 지나친 것도 충분하지 않다"라고 한다.

'피가로 3부작'은 속이려는 자와 속지 않으려는 자가 다투는 사랑의 전쟁터이기도 하다. 불륜의 가능성은 불신을 낳는다.

『피가로의 결혼』의 시점에서 20여 년이 흐른 뒤를 무대로 삼은 『죄지은 어머니』에서 백작과 백작부인은 급기야 불륜에 빠져 각기 딸 플로레스틴과 아들 레옹을 얻는다. 백작부인의 상대는 『피가로의 결혼』에도 나오는 미소년 시동 셰뤼뱅이다. 둘은 하룻밤을 함께했다. 백작부인이 후회하며 "다시는 안 보겠다"고 하자 셰뤼뱅은 전쟁터로 떠나 치명상을 입는다. 문제는 플로레스틴과 레옹이 사랑에 빠진다는 것. 피가로는 이번에도 기기묘묘한 수를 써서 둘이 결혼할 수 있는 길을 튼다. 『죄지은 어머니』에는 얄궂게도 '모럴 드라마Drame Moral'라는 부제가 달려 있다.

보마르셰 일생

1732년	프랑스 파리에서 출생
1753년	탈진기 발명
1773년	『세비야의 이발사』 집필 완료
1775년	『세비야의 이발사』 파리에서 초연
1777년	미국혁명 당시 미국 독립군에게 군수품 전달
1778년	『피가로의 결혼』 집필 완료
1784년	『피가로의 결혼』 코메디프랑세즈 극장에서 초연
1792년	『죄지은 어머니』 집필 완료 및 초연, 8월에 감옥에 투옥
1796년	망명생활 중 프랑스 귀국
1799년	파리에서 사망

7

El Burlador de Sevilla y Convidado de Piedra

7

돈 후안

카사노바와 견줄
서양 엽색가의 아이콘

"열 여자 싫다는 남자 없다"는 말이 맞다면 '일부일처'제도에 바탕을 둔 백년해로는 공염불이다. 정말 자신은 가만히 있는데 뭇 여성이 쇄도하는 남성도 있을 것이다. 수단과 방법을 가리지 않고 온갖 여성을 유혹하려는 남성도 있을 것이다. 예컨대 중세 신화와 전설, 민담에 뿌리를 둔 돈 후안이 그런 경우다. 돈 후안은 전형적인 '나쁜 남자'다. 돈 많은 귀족 난봉꾼인 그는 '혼인 빙자 간음'을 아무런 거리낌 없이 자행한다. 납치도 한다. 화간이건 강간이건 거침없다.

돈 후안은 굉장히 쉽게 첫눈에 반하고 쉽게 싫증을 낸다. 결혼을 미끼로 관계한 후 관심이 사라지면 도망간다. 귀족, 농민, 수녀 등 닥치는 대로 상대한다. 그에게 여성은 그저 정복의 대상일 뿐이다. 특히 귀족 처녀를 좋아한다. 모차르트의 오페라《돈 조반니》(1787)에서는 그가 2065명의 여성을 '전리품'으로 삼은 것으로 나온다. 돈 후안은 당시 그리스도교의 가치였던 참회와 회개라는 것을 모른다. 그에게 닥친 운명은 결국 '지옥행'이다. 그가 실존 인물이라는 근거는 없다. 수많은 연구자가 그의 역사적 실존을 주장했으나 딱 들어맞는 인물은 없다.

그의 이름은 라틴 알파벳으로 'Don Juan'이다. Don Juan은 국적에 따라 우리말로 다르게 옮겨야 한다. 스페인어로는 돈 후안, 프랑스어로는 동 쥐앙, 영어로는 돈 주안으로 표기해야 한다. 이탈리아어로는 돈 조반니Don Giovanni다. 돈Don은 스페인어에서 남자 귀족에 대한 존칭이다. 후안은 세례 요한에서 유래한 이름이다. 따라서 돈 후안을 우리말로 표현한다면 '요한 공公'이다. 요한은 '주님은 은혜로우시다'라는 뜻이다. 세례 요한은 지극히 금욕적인 인물이다. 그러나 돈 후안은 자유분방주의libertinism(방탕·난봉·자유사상)를 표상한다. 또한 그는 신의 은총이나 은혜보다는 공의公儀를 자극한다.

돈 후안은 기울어져가는 중세를 배경으로 탄생했다. 중세를 지배하던 교회의 가르침, 천국과 지옥 등 모든 교회의 가르침에 대한 흔들림 속에서 등장했다. 돈 후안은 '나쁜 놈'이다. 무절제하다. 하지만 희곡과 시, 오페라 작품에 나타난 그는 지극히 매력적이다. 그는 원초적이다. 용기 있고 생생하며 다채롭다. 유머 감각도 뛰어나다. 기성도덕에 도전하기에 뭔가 쿨cool해 보인다. 그는 반체제 운동가다. 자유사상가다. 돈 후안은 햄릿, 돈키호테, 파우스트와 함께 유럽 문학이 탄생시킨 4대 캐릭터다. 유럽을 넘어 전 세계로 돈 후안의 명성을 널리 알린 것은 모차르트의 오페라《돈 조반니》다. 프랑스 문호 귀스타브 플로베르는《돈 조반니》가 햄릿, 바다와 더불어 "신이 만든 3대 작품"이라고 찬양했다. 독일 문호 괴테는 자신의 『파우스트』(1808, 1832)를 '돈 조반니'급 오페라로 만들어줄 작곡가가 없다는 데 한탄했다.

하지만 돈 후안의 원조는 티르소 데 몰리나가 쓴 희곡 『세비야의 난봉꾼과 석상의 초대El Burlador de Sevilla y Convidado de Piedra』(1630)다. 몰리나는 필명이다. 본명은 가브리엘 테예스로 스페인 수사였다. 이 희곡의 주인공은 세비야의 기사인 '돈 후안 테노리오'다. 스페인어로 "그는 테노리오다Es un Tenorio"는 영어로 "그는 레이디킬러다He's a lady-killer"라는 뜻이다.

작품에서 돈 후안은 이사벨라와 관계한다. 자신을 이사벨라의 정혼자인 옥타비오 공작이라고 속임으로써 가능했다. 그는 도망가다 난파를 당하는데, 일련의 돈 후안 작품에서 도망은 중요한 주제다(난봉꾼의 또다른 호칭은 '도망자'다. 난봉꾼은 살아남기 위해 도망가야 한다. 자칫 죽임을 당할 수 있는데도 난봉꾼이 난봉꾼으로 살아가는 이유는 뭘까).

돈 후안의 연쇄 염문 행각은 계속된다. 어촌 처녀 티스베아를 혼인 빙자 간음의 희생자로 삼는다. 귀족 가문 소녀 아나를 유혹하다 딸을 위해 복수하려는 소녀의 아버지 곤살로를 죽인다. 그리고 도망친다. 혼례를 치르고 있는 아민타를 유혹하여 관계한다. 우연히 곤살로의 무덤과 그의 석상을 발견한다. 수염을 뽑는 등 석상을 희롱하며 석상을 저녁 식사에 초대한다. 돌로 된 유령은 돈 후안의 죽음을 알리는 전령으로 식사시간에 도착한다. 곤살로의 석상은 돈 후안을 지옥으로 데려간다. 마치 돈 후안의 최후를 장식하는 배경음악처럼 노랫소리가 들린다. 이렇게. "하느님의 경고를 우습게 아는 자여, 이르지 않는 때가 없고 죄지은 자는 반드시 벌을 받느니라."

돈 후안은 '강한 심장과 용기'를 자신의 최고 자산으로 삼는 인물이다. 하지만 용기보다는 뻔뻔스러움이 그에게 더 어울릴지도 모른다. 돈 후안은 곤살로에게 이렇게 말한다. "당신의 딸을 능욕한 것이 아니오. 그녀는 이미 내 유혹을 알고 있었소."

하지만 죽음이 다가오자 돈 후안은 굴복한다. "성직자를 불러 고해하고 용서를 구할 수 있게 해주시오"라고 곤살로 석상에게 애걸한다. 이미 늦었다. 돈 후안의 마지막 말은 "몸이 탄다. 몸이 타! 아 이제 나는 죽는구나!"였다.

이에 곤살로는 이렇게 말한다. "바로 하느님의 의義가 나타난

알렉상드르 에바리스트 프라고나르,
〈동 쥐앙과 기사의 석상(Don Juan et la statue du commandeur)〉, 1830~1835년경.

―――――

돈 후안은 햄릿, 돈키호테, 파우스트와 함께 유럽 문학이 탄생시킨 4대 캐릭터로, 몰리나가 쓴 『세비야의 난봉꾼과 석상의 초대』에 나오는 '돈 후안 테노리오'가 원조다. 기울어져가는 중세를 배경으로 탄생한 돈 후안 이야기는 무언극·인형극 등 민중의 많은 사랑을 받으며 끊임없이 재해석되고 있다.

것이다. '죄지은 자, 반드시 벌을 받는 법.'" 상선벌악賞善罰惡이 구현된 것이다. 『표준국어대사전』은 상선벌악을 이렇게 정의한다. "착한 사람에게 상을 주고 악한 사람에게 벌을 주는 일. 가톨릭교의 네 가지 기본 교리 가운데 하나이다."

유명한 신학자이기도 한 몰리나의 희곡 중 80편이 남아 있다. 메르세드 수도회 수사였던 그의 집필 의도는 흥청망청 인생을 낭비하며 '나는 아직 젊다. 즐기자. 죽기 전에 참회하면 천국에 갈 수 있다'고 생각하는 젊은이들에게 경고하는 것이었다.

'천벌을 받는다'는 우리의 관념과 매우 비슷한 관념이 당시 스페인 가톨릭 문화에도 있었다. 천벌은 "하늘이 내리는 큰 벌"이다. 가톨릭에서 궁극적 천벌은 구원받지 못하고 지옥에 가는 것이다. 돈 후안의 경우처럼 말이다.

그런데 죄에도 '작은 죄'와 '큰 죄'가 있다. '큰 벌'은 '큰 죄'를 지은 자에게 내려야지 '작은 죄'를 지은 사람에게 내리면 뭔가 이상할 것이다.

그렇다면 돈 후안 이야기의 배경이 되는 가톨릭 교리는 큰 죄, 작은 죄를 어떻게 구분할까? 이는 『표준국어대사전』에 정리가 잘 되어 있다.

대죄 大罪
하느님을 거역하고 인간의 자유 의지로 행동하여 구원이 없는 죽음에 이르는 죄. 고해성사로 용서받을 수 있다 한다.

소죄 小罪

고해성사를 아니하고도 용서받을 수 있는 가벼운 죄.

큰 죄, 작은 죄에 대한 일반인의 생각과 가톨릭 전통은 매우 다르다. 예컨대 주일 미사에 빠지는 것도 고해성사로 용서받지 못하면 지옥에 갈 수 있는 대죄다. 또 돈 후안은 수많은 여성을 능욕하고, 심지어는 살인까지 저질렀지만 그가 회개하고 고해성사를 받았다면 천국에 갈 수 있었다.

『세비야의 난봉꾼과 석상의 초대』는 단순히 '매력적인 색마'를 다룬 흥미로운 이야기이기 이전에 '몰리나'라는 신학자의 고민이 담긴 텍스트다. 몰리나 작품의 종교성은 또다른 역작 『불신으로 인해 지옥에 떨어지다』(1635)에서도 잘 나타난다. 극단적인 경우 평생 악인으로 산 사람이 단 한 번의 선행으로 구원받는 경우가 있는가 하면, 평생 착하게 산 사람이 믿음이 약해져 구원받지 못하는 경우도 있다. 이런 패러독스를 다룬 작품이다.

『세비야의 난봉꾼과 석상의 초대』는 1652년 이전에 이탈리아어로 번역되었다. 이탈리아 극단들이 돈 후안 이야기를 프랑스로 전파했다. '프랑스의 셰익스피어'라고 해도 좋을 몰리에르의 희곡 『동 쥐앙 또는 석상의 잔치』(1665)는 15회 공연 후 공연이 금지되었다. 종교계의 비판 때문이었다. 이후 대폭 순화된 형태로 공연되었다. 몰리에르의 원본 그대로 공연된 것은 한참 뒤인 1841년이었다. 몰리나의 돈 후안은 가톨릭이었다. 그는 죽음이 코앞에 다가오자 고해성사를 받으려 했다. 하지만 몰리에르의 동 쥐앙은 무신론자였다. 또 몰리에르의 동 쥐앙은 몰리나의 돈 후안과 달리 위선적이고 비겁한 모습으로 그려졌다.

19세기, 20세기가 되자 돈 후안, 동 쥐앙은 영국에서 돈 주안으로 부활했다. 영국 낭만파 시인 바이런의 풍자시 「돈 주안」(1819~1824)은 1만 6000행에 달한다. 바이런의 「돈 주안」은 그의 최고 걸작 중 하나로 평가된다. 『표준국어대사전』은 "사회와 인생에 관한 예리하고 기지가 넘치는 풍자가 돋보이는 작품이다"라고 칭찬한다. 미완성 작품이다. 바이런은 돈 주안이 프랑스 혁명에서 단두대의 이슬로 사라지게 하는 것을 구상했으나 끝을 맺지 못했다.

이제 돈 주안은 유혹자가 아니라 여성들에게 쉽게 유혹당하는 나이브한 남성이다. 오히려 그가 희생자다. 바이런의 돈 주안은 혼인 빙자 간음 같은 짓거리는 하지 않는다. 운명이나 돈 주안의 매력이 여자들을 끌어당긴다. 운명의 명령으로 세계 곳곳을 다니며 사랑의 의미를 찾는 로맨틱한 영웅으로 묘사된다.

두 문장이 눈길을 끈다.

· 복수는 달콤하다. 특히 여성에게.

· 쾌락은 죄다. 그리고 어떤 때에는 죄가 쾌락이다.

조지 버나드 쇼의 희곡 『인간과 초인』(1903)에 나오는 돈 주안은 니체의 초인사상의 세례를 받은 돈 후안이다. 쇼는 자연선택을 통해 인류가 초인으로 진화하며 남녀가 결합할 때 선택의 주체는 남자가 아니라 여자라고 보았다. 모든 문화에서 결혼의 주도권을 쥐고 있는 이는 여자라는 것이다.

쇼는 아포리즘의 대가다. 아포리즘은 생각의 요약이요, 생각거리다. 그의 『인간과 초인』은 다음과 같은 생각거리를 던진다.

· 평생 가는 행복! 그 어떤 살아 있는 사람도 그런 행복을 참을 수 없을 것이다. 그런 행복은 지상의 지옥일 테니까.

· 결혼이 인기 있는 이유는 결혼이 최대한의 유혹과 최대한의 기회를 결합하기 때문이다.

· 합리적인 사람은 세상에 자신을 적응시킨다. 비합리적인 사람은 고집스럽게 세상을 자신에게 적응시키려고 한다. 그러므로 모든 진보는 비합리적인 사람에게 달려 있다.

돈 후안과 카사노바는 서양 엽색가 역사의 양대 산맥이다. 카사노바는 《돈 조반니》 초연 현장에 있었던 것으로 알려졌다. 둘의 차이점은 뭘까? 영국 소설가 앤서니 파월은 『카사노바의 중국 식당Casanova's Chinese Restaurant』(1960)에서 이렇게 말했다. "돈 후안은 그저 권력을 좋아했을 뿐이다. 그는 명백히 관능sensuality이 뭔지 몰랐다. 반면 카사노바는 의심할 나위 없이 관능적인 순간을 가졌다."

돈 후안은 무언극(팬터마임), 인형극으로도 공연되어 민중의 사랑을 받았다. 돈 후안 테마는 러시아의 시인이자 소설가 푸시킨의 『석상 손님』(1830), 프랑스 소설가 프로스페르 메리메의 단편소설 「연옥의 영혼Les Âmes du Purgatoire」(1834), 프랑스 작가 알렉상드르 뒤마 페르의 『마라나의 동 쥐앙Don Juan de Marana』(1836) 등을 통해 쉴새없이 재해석되고 다시 태어났다.

돈 후안 이야기는 왜 이렇게 인기가 높을까? 어쩌면 "열 여자 싫다는 남자 없다"는 통념의 보편성에 해답이 있을지도 모른다. 남자들은 '돈 후안'을 통해 대리만족을 충족시키는 것일까?

『세비야의 난봉꾼과 석상의 초대』는 스페인 황금기의 산물이다. 풍요는 그 자체로서 좋은 것이지만 사람들을 불안하게 만든다. 풍요는 사람의 행동과 생각을 흔든다. 기존의 신념 체제, 종교 체제, 도덕관념이 흔들린다. 사랑은 허공에 떠 있는 것이 아니라 시공 속에 존재한다. 모든 사랑은 사회의 영향을 받을 수밖에 없다. 사랑하는 사람들이 한눈을 팔지 않는 사회 체제는 가능할까.

8

Medeia

8

에우리피데스의
『메데이아』

매분마다 새로운 노래가 나온다는 주장이 있다. 천문학적인 수치로 쏟아지는 대부분의 노래는 사랑을 주제로 삼는다. 최소한 50퍼센트에서 60퍼센트, 사실상 99퍼센트라는 이야기도 있다. 사랑 노래 중에서도 손꼽히는 명곡은 에디트 피아프가 작사하고 노래한 〈사랑의 찬가〉(1949)다. 가사는 이렇다.

> 푸른 하늘이 우리 위로 무너질 수 있어
> 그리고 땅이 꺼질 수도 있지
> 조금도 중요하지 않아, 네가 나를 사랑한다면

나는 온 세상을 무시해

사랑이 내 여러 아침에 흘러넘치는 한

내 몸이 네 손 아래에서 떨리는 한

이런저런 문제는 내게 별로 중요하지 않아

내 사랑이여, 네가 나를 사랑하기 때문이지

나는 세상 끝까지 갈 거야

머리를 금발로 물들일 거야

네가 원한다면

달을 따러 갈 거야

거금을 훔치러 갈 거야

네가 요구한다면

내 조국을 버릴 거야

내 친구들을 버릴 거야

네가 요구한다면

사람들이 나를 비웃어도 좋아

나는 무슨 짓이든 할 거야

네가 요구한다면

내 조국을 버릴 거야

내 친구들을 버릴 거야

네가 요구한다면

사람들이 나를 비웃어도 좋아

나는 무슨 짓이든 할 거야

네가 요구한다면

만약 어느 날 삶이 내게서 너를 빼앗아가도

네가 죽고 네가 나로부터 멀리 있다고 해도

별로 중요하지 않아 네가 나를 사랑한다면

왜냐하면 나도 죽을 거니까

우리는 영원을 우리 몫으로 갖게 될 거야

끝없는 푸르름 속에서

하늘 안에서는 문제가 더이상 없어

내 사랑이여, 너는 우리가 사랑한다고 믿는가

하느님께서는 서로 사랑하는 사람들을 다시 만나게 하시네

어떤 사람은 다소 섬뜩한 느낌을 받을 수도 있을 터래다. 〈사랑의 찬가〉를 영어로 번안한 〈네가 나를 사랑한다면If You Love Me〉(1954)에서는 원래 가사의 느낌을 최대한 살리면서 "조국과 가정까지 버릴 수 있다"는 대목은 삭제되었다.

사랑하는 남자가 죽으면 따라 죽겠다는 〈사랑의 찬가〉 여주인공이 만약 배신을 당한다면 어떻게 반응할까. 시름에 겨워 한을 품을 수도 있겠지만 처절하게 복수를 할지도 모른다. 『메데이아Medeia』의 주인공 메데이아가 그런 경우다. 『메데이아』는 아

이스킬로스, 소포클레스와 더불어 고대 그리스 3대 비극작가인 에우리피데스의 대표작이다. 이 작품은 서구 문화를 낳은 정경 중 하나다. 첫 공연은 431년 아테네의 디오니소스 축제 때였다. 3등을 했다. 관객을 불편하게 만들었기 때문이었으리라.

『메데이아』는 그리스 신화에서 모티프를 얻었다. 극장에 모인 1만 7000명에 달하는 관객은 『메데이아』의 주인공 메데이아와 이아손에 대해 잘 알고 있었다. 우리가 춘향이나 장희빈, 장녹수를 잘 아는 것처럼. 그렇기에 새로운 작품의 재해석이 신통치 않으면 외면당하기 일쑤. 그리스 신화에서 메데이아의 아들들은 메데이아가 도망친 다음 코린토스인들에게 죽임을 당한다. 에우리피데스의 메데이아는 두 아들을 제 손으로 죽인다. 아주 간단하게 요약하면 메데이아의 줄거리는 이렇다.

바람난 남편의 배신에 분격한 메데이아가 복수를 위해 남편 이아손의 새 아내와 새 장인, 심지어 자기의 두 아들도 죽인다는 이야기다. 이아손의 수호신은 그리스 신화 최고의 여신 헤라, 제우스의 배우자다. 헤라는 이아손을 돕기 위해 메데이아와 이아손을 사랑에 빠지게 만든다. 콜키스의 공주인 메데이아는 태양신 헬리오스의 손녀다. 마법사인 메데이아에게는 신비로운 능력이 있다. 모든 신화 속 영웅이 그렇듯이 이아손은 일련의 '미션 임파서블'을 성공해야 한다. 영웅으로 인정받기 위해서다. 그중 대표적인 것이 왕권과 태양을 상징하는 황금 양털을 얻는 것이

앤서니 프레더릭 샌디스, 〈메데이아〉, 1868년.

『메데이아』는 고대 그리스 3대 비극작가인 에우리피데스의 대표작으로 그리스 신화
에서 모티프를 따온 서양 최초의 페미니즘 작품이다. 보편성을 바탕으로 약자 편에
섰던 에우리피데스는 『메데이아』를 통해 부정의하고 불공평한 사회나 국가 체제에
서 '정의란 무엇인가'를 묻는다.

다. 이아손을 돕기 위해 메데이아는 가족을 버린다. 친동생을 죽이고 아버지와 조국을 배반한다. 호동왕자를 위해 자명고를 찢어버린 낙랑공주가 연상된다. 〈사랑의 찬가〉 노랫말은 동서고금을 막론하고 지극히 현실적인 데가 있다.

　메데이아, 이아손 커플은 코린토스에 정착하여 행복하게 산다. 두 아들도 얻었다. 남편 이아손의 '출세주의' 본능이 화를 낳았다. 이아손은 메데이아와 자식들을 버리고 코린토스의 공주 글라우케와 결혼하려고 한다. 이아손은 생명의 은인이자 자신을 영웅으로 만들어준 메데이아를 배신한 것이다. 메데이아 앞에 나타난 이아손은 글라우케 공주와 결혼해야 아들들을 포함하여 '모든 사람이 행복해질 수 있다'고 말 같지 않은 말을 늘어놓는다. 때가 되면 두 가정을 합치고 메데이아를 첩으로 삼겠단다. 글라우케의 아버지 크레온 왕이 나타나 메데이아에게 아들들과 함께 코린토스를 떠나라고 명령한다. 딱 하루를 준다. 메데이아는 하루라는 기회를 잡아야 한다. 메데이아는 상심과 분노를 어떻게 해결해야 할까. 여러 가지 옵션이 있다. 자살할 수도 있다. 이아손과 글라우케, 크레온을 죽이고 두 아들과 도망갈 수도 있다. 메데이아는 결국 글라우케와 크레온뿐 아니라 자식들을 죽이기로 결정한다. 모성애 때문에 잠시 갈등하지만 극단적인 복수를 선택한다. 남편을 살리고 자식들을 죽이기로 한 배경에는 우연히 메데이아를 보러 온 아테네의 왕 아이게우스가 있다. 메데이아의 오랜 친구인 아이게우스는 자식이 없어 고통스러워한다. 메데이아는 자식이 없는 고통을 이아손에게 선물하기로 결심한다. 마법사인 메데이아는 아이게우스에게 아이를 얻을 수 있는 비방을 주는 대신 아이게우스는 메데이아에게 안식처를 보장한다. 서로 원원이다.

집안의 가보로 내려오는 가운과 왕관에 독을 묻혀 글라우케에게 선물로 가장하여 보낸다. 새 신부뿐 아니라 죽어가는 딸을 부둥켜안은 크레온 왕 또한 고통스럽게 죽는다. 복수에 성공한 메데이아는 할아버지 헬리오스가 보낸 날개 달린 용들이 끄는 전차를 타고 아테네로 떠난다. 두 아들의 시신을 안은 모습을 망연자실한 이아손에게 보여주고 나서. 메데이아는 이브, 트로이의 헬레네, 살로메, 성모 마리아, 마리아 막달레나와 더불어 서양문명사, 문학사의 의식적·무의식적 여성의 전형으로 자리잡았다. 하지만 메데이아는 최악의 악녀. 그런데도 에우리피데스는 관객과 독자 들이 메데이아와 공감하게 만든다. 작가 에우리피데스의 재주 덕분일 것이다. 어쩌면 메데이아가 주인공이기 때문이다. 사람은 주인공에게 약하고 관대하다. 가상의 주인공의 허물을 눈감아주는 것처럼 정치 무대의 주인공인 지도자들의 부도덕성도 용인되는 경우가 많다.

관객들이 무자비한 보복을 펼친 메데이아와 공감하게 만들려면 또다른 편견의 벽을 넘어야 했다. 메데이아의 고향 콜키스는 흑해지역에 있다. 지금은 그리스와 '같은 동네'이지만 당시 그리스인들에게 콜키스는 세계의 끝이었다. 그리스인들에게 그리스어를 사용하지 않는 사람들은 모두 야만인이었다. 그리스인들에게 그리스는 법과 질서의 세계, 그리스 밖은 무질서의 세계였다.

비평가들은 『메데이아』를 '시원적' 페미니즘 작품으로 인정한다. 『메데이아』는 20세기에서 21세기에 연극과 영화로 가장 많이 만들어진 그리스 비극이다. 『메데이아』는 미국에서 연극·뮤지컬 분야의 최고상인 토니상을 세 번(1948, 1982, 1994)이나 받았다. 페미니즘운동의 발전과 『메데이아』의 메시지가 맞아떨어졌다. 이런 식의 해석이 가능하다. 메데이아는 남성이 지배하는 가부장적 사회의 희생자다. 메데이아는 모든 여성을 대표하여 여성에게 가한 남성의 잘못을 보복한 것이다. 메데이아의 능력은 남성 영웅과 대등하다. 지적이다. 남을 조종하는 데 능하다. 그는 겉으로 드러난 또는 감추어진 인간의 약점과 욕망을 파고든다.

메데이아는 서양 문화가 우리나라 문화와 어떤 점에서 다른지를 보여주는 인물이기도 하다. 흔히 우리 문화를 한의 문화라고 한다. 한恨은 "몹시 원망스럽고 억울하거나 안타깝고 슬퍼 응어리진 마음"이다. "한을 푸는 일"이라는 뜻의 한풀이가 있기는 하다. 하지만 우리 문화에서 한은 뭔가 승화하고 삭여야 할 감정의 문제다. 서양 문화에서 보복은 곧 한풀이임을 『메데이아』가 예시한다.

『메데이아』는 여러 의문을 제기한다. 그중 하나는 '자식이란 무엇인가'다. 자식은 사랑의 결실이다. 하지만 사랑이 사라지면 자식은 찬밥 신세가 될 가능성이 있다. 이아손도, 메데이아도 자식을 버렸다. 아이들은 아무런 죄 없이 죽어가야 했다. 자식은 내가 낳았으니 내 소유일까. 내 소유니 아무렇게나 해도 될까. 심지어 죽여도 될까. 또 하나는 '정의란 무엇인가'를 묻는 작품이기도 하다. 보복도 정의의 한 요소이지만 적절한 보복의 테두리는 무엇일까. "눈에는 눈, 이에는 이"라고 하지만 '백배 천배로 갚는 것'도 정의일까.

연극사에서 에우리피데스가 수행한 역할은 어쩌면 도덕과 정치를 분리하며 현실주의를 내세운 니콜로 마키아벨리와 비슷할 것이다. 마키아벨리는 『군주론』(1513년 집필, 1532년 출간)에서 당위의 정치가 아니라 있는 그대로의 정치를 이론화했다. 에우리피데스도 있는 그대로의 세상, 있는 그대로의 사랑을 보여준다. 에우리피데스의 출생지는 살라미스로 살라미스 해전(기원전 480) 당일에 태어났다는 설도 있다. 살라미스 해전은 그리스 함대가 페르시아 함대를 살라미스 해협에서 맞아 격파한 전투다. 이 해전은 페르시아 전쟁에서 그리스가 승리하는 결정적 계기가 되었다. 머지않아 그리스는 펠로폰네소스 전쟁(기원전 431~404)에 휩싸인다. 이 전쟁은 "아테네 주도의 델로스 동맹과 스파르타 주도의 펠로폰네소스 동맹 사이에 일어난 전쟁"이다.

결국 아테네가 스파르타에게 밀린 전쟁이다. 에우리피데스는 펠로폰네소스 전쟁의 결말을 보지 못하고 세상을 떠났다. 페르시아 전쟁과 펠로폰네소스 전쟁, 두 전쟁 사이에서 그리스와 아테네는 가장 창의적인 시대를 구가했다. 얄궂은 일이다. 그 시대 그리스인들은 싸우면서 새로운 문화를 창달했다.

기원전 408년, 에우리피데스는 마케도니아의 왕 아르켈라오스의 초청을 받아 아테네를 떠난다. 아마도 자신을 알아주지 않는 아테네, 그리스에 대한 실망이 원인이었겠지만 그가 마케도니아에는 가본 적도 없다는 설도 있다. 에우리피데스는 회의주의자였을까, 아니면 '확신주의자'였을까. 그는 신에 대한 회의로 가득찬 인물이었을까. 그는 신성모독죄로 고발되기도 했다. 서양 최초의 페미니즘 작품을 썼지만 '여성을 혐오한다'는 비난을 받기도 했다. 언제나 그렇듯이 결국 판단은 독자의 몫이다. 『메데이아』와 같은 작품을 독자가 직접 읽어보고 직접 판단해야 한다. 에우리피데스가 쓴 작품은 92편이다. 20세기에 추산된 어떤 결과에 따르면 67편이다. 그중 남아 있는 것은 18편 내지 19편이다. 『레소스Rhesos』가 다른 에우리피데스 작품과 스타일이 다르다는 주장 때문이다.

위대한 극작가, '고대의 셰익스피어'라고도 할 수 있는 그에 대해 확실히 알려진 것은 거의 없다. 부유한 가정에서 태어났다는 설과 어머니가 시장에서 약초를 팔 정도로 빈한한 가문 출신이라는 주장이 맞선다. 그는 두 번 결혼했는데, 두 번 다 결혼생활이 비참했다는 이야기도 있다. 은둔자의 삶을 선택했는데, 해안가에 있는 동굴에서 홀로 살았다는 주장도 있다. 에우리피데스는 철학자 소크라테스, 소크라테스의 제자 플라톤과 비슷한 시대를 살면서 고민했다. 그들의 시대는 공포, 비관, 회의, 혼란의 시대였다. 물론 '인류 역사에서 그렇지 않았던 적이 있었나' 하는 생각도 든다. 아리스토텔레스는 에우리피데스의 작풍이 자신이 제시한 드라마 원칙과 잘 맞지 않았기 때문에 에우리피데스를 조금 못마땅하게 여겼을 수도 있다. 그런데도 에우리피데스의 위대함을 부인할 수 없었기에 아리스토텔레스는 에우리피데스를 "가장 비극적인 시인"이라고 평가했다.

에우리피데스는 아테네 사회를 비판했고 아테네인들을 불편하게 했다. 아마도 상당수 한국 독자들에게도 『메데이아』는 불편한 작품으로 읽힐 가능성이 크다. 『메데이아』는 1세기 로마에서, 16세기 유럽에서 재발견되었다. 『메데이아』가 끊임없이 재발견되고 부활되는 이유는 에우리피데스가 항상 여성을 포함하여 사회적 약자 편에 섰기 때문이다. 그는 보편성을 바탕으로 약자 편에 섰다. 『메데이아』는 부정의한, 불공평한 사회나 국가 체제의 정의를 위해 어느 정도까지 개인적 복수가 가능한지를 묻는 작품이다.

에우리피데스 일생

기원전 484년경	살라미스에서 출생
기원전 431년	『메데이아』 집필 및 상연
기원전 408년	마케도니아의 왕 아르켈라오스의 초청으로 아테네를 떠남
기원전 406년	마케도니아에서 사망

9

Nietzsche's Aphorisms

9

니체의
'아포리즘'

"연애결혼의 아버지는 실수요,
어머니는 필요다."

사랑의 성공 가능성을 수치화할 수 있을까? 이 질문에 대한 답은 물론 사랑과 성공을 어떻게 정의하느냐에 따라 다를 것이다. 그런데 많은 이는 결혼을 '사랑이 성공한 결과'로 간주한다. 그렇다면 결혼이 성공할 확률은 얼마나 될까?

우리는 결혼을 사랑과 연결하여 생각하는 습관이 있다. 게다가 알게 모르게 '사랑=섹스'라는 등식에 어느 정도 공감한다. 아무리 결혼 후 집안이 두루두루 화평하고 애들이 건강하고 훌륭하게 잘 커도 부부 사이에 '사랑=섹스' 문제가 있으면 뭔가 빈 것 같다. 섹스를 유일 기준으로 삼아 부부 유형을 분류한다면 네 종류다. 섹스도 있다, 섹스만 있다, 섹스만 없다, 섹스도 없다.

우리는 사랑에도 종류가 있다고 배웠다. 서양식 분류에 따르면 에로스, 스토르게, 필리아, 아가페가 있다. 에로스만 사랑이 아니다. 스토르게, 필리아, 아가페도 모두 사랑이다.

동서양은 다른 듯하면서도 같다. 서양의 필리아에 해당되는 것은 우정이다. 우정도 사랑이다. 『표준국어대사전』에 따르면 우정友情은 "친구 사이의 정"이다. 그렇다면 정은 또 무엇인가? "사랑이나 친근감을 느끼는 마음"이다. 정 역시 에로스, 섹스 못지않은 사랑의 한 유형이다.

그래서 "우리 부부는 사랑은 없는데, 그놈의 정 때문에 산다"는 말은 잘못되었다고 볼 수 있다. 왜냐하면 정도 사랑이기 때문이다. 그렇다면 행복한 결혼생활에서 정과 우정은 어떤 의미인가. 또 부부간 우정의 핵심은 무엇인가.

프랑스 문호 앙드레 모루아는 행복한 결혼에 대해 이렇게 말했다. "행복한 결혼은 항상 너무 짧은 듯한 긴 대화다."(모루아는 조건을 보고 중매결혼한 사람은 결혼 후 사랑을 확보해야 하고 연애결혼한 사람은 결혼 후 조건을 확보해야 한다고 주장했다.)

모루아의 대선배인 독일 철학자이자 시인인 프리드리히 니체도 '대화'를 행복한 결혼의 핵심으로 이해했다. "그 무엇이든 나를 죽이지 못하는 것은 나를 더 강하게 만든다"(『우상의 황혼』)고 말한 니체가 행복한 사람이었다고 하기에는 조금 어려울 것 같다. 스물네 살에 스위스 바젤대학 교수가 되었지만 건강 악화로 유럽 각지를 떠돌았다. 생전에 11권의 책을 출간했으나 팔린 부수는 500권 남짓이었다. 어릴 적부터 약골이었던 탓에 평생 두통, 복통, 눈 질환에 시달렸다. 1889년 1월 3일 완전히 실성하여 정신병원에 수용되었다. 실성한 이후 11년을 더 살았다. 광인이 된 니체는 자신이 유명해진 것도 몰랐다.

행복을 따지는 것에 대해 니체는 분노할지도 모른다. 그의 관심은 개인적 행복이 아니라 새로운 문명의 탄생에 기여하는 것이었기 때문이다. 니체는 세상에 너무 일찍 나온 '포스트모던 철학자'였다. '가장 오해받는 철학자'라 불리는 그는 자신의 사상이 한 100년 후에야 제대로 이해될 것이라고 예견했다.

니체 하면 우리는 초인, 『자라투스트라는 이렇게 말했다』, "신은 죽었다"를 떠올린다. 니체는 위버멘시Ubermensch 관념을 전개했다. 한자어로는 초인超人이다. 초인은 "기성도덕을 부정하고 민중을 지배하는 권력을 행사하면서 자기의 가능성을 극한까지 실현한 이상적인 인간"이다. 위버멘시는 영어로 슈퍼맨이나 오버맨overman이다. 공자의 군자君子 또한 슈퍼맨으로 번역하는 경우가 많다. 공자와 니체는 시공을 초월하여 둘 다 '업그레이드'된 인간이 만드는 보다 좋은 세상을 꿈꾸었다.

니체는 다른 대가들과 마찬가지로 거의 모든 주제와 문제에 대해 우리가 귀담아들을 만한 말을 남겼다. 사랑에 대해서도 아주 많은 이야기를 했다. 사랑을 단일 주제로 삼은 책은 쓰지 않았지만 그의 저작에서 사랑에 관한 것만 추려 책을 만들 수 있다. 예컨대 『사랑과 미움의 아포리즘Aphorisms on Love and Hate』은 니체의 저작 중에서 사랑과 미움에 대한 것만 뽑은 것이다.

니체의 사랑관이 궁금한 독자들에게 『즐거운 지식』도 권할 만하다. 니체의 다른 책들과 마찬가지로 『즐거운 지식』에 나오는 아포리즘의 향연을 통해 사랑에 대한 그의 생각을 재구성할 수 있다.

『니체의 말』『니체의 말 II』는 니체가 한 말 중에서 21세기를 살아가는 우리의 삶과 연관성 높은 이야기만 따로 추린 책이다. 이 두 책은 초역抄譯, 즉 "원문에서 필요한 부분만을 뽑아서 번역"한 것의 산물이다. 두 책 모두 사랑을 별도 항목으로 제시한다.

이런 텍스트를 통해 재발견하는 니체의 모습은 우리의 통념과 사뭇 거리가 있다. 얼핏 보면 니체는 '개똥 철학자'나 '페이스북 철학자' 같기도 하다. '내가 페이스북에 올린 글도 니체 수준은 되는데' 하는 느낌을 받는 독자들도 있으리라.

니체는 '품격 있는' 자기계발서 작가 같기도 하다. 그만큼 니체는 우리와 친숙한 철학자가 될 수 있다. 『니체의 말』은 일본에서 100만 부 이상 팔렸다 한다. 니체는 우리에게 영감을 주는 멘토가 될 잠재력이 충분하다.

페미니스트들을 화나게 하거나 쉽게 동의하기 힘든 말도 했다. 이렇게. "복수할 때와 사랑할 때 여성은 남성보다 더 야만적이다."(『선악을 넘어서』) "여성과 관련된 모든 것은 수수께끼다. 여성과 관련된 모든 것에는 한 가지 해결책이 있다. 임신이다. 여성에게 남성은 수단이다. 목표는 항상 아이를 갖는 것이다."(『자라투스트라는 이렇게 말했다』) "여성에게는 여러 종류의 애정이 있다. 여성의 모든 애정 속에는 반드시 모성애라는 사랑이 포함되어 있다."(『인간적인, 너무나 인간적인』)

니체는 사물과 현상의 여러 측면을 드러내려 했다. 이를 위해 그는 모순적으로 보이는 말도 많이 했다. 게다가 그의 말은 과격했다. 독설가였다. 일종의 충격 화법을 구사했다. 맥락에서 벗어나 니체를 인용하고 싶은 유혹에 우리는 취약하다.

니체를 허무주의자, 반그리스도교, 여성 혐오 사상가로 몰아세울 수도 있는 말을 그는 실제로 했다. 하지만 그는 허무가 아니라 가치로 충만한 말, 친기독교적 말도 많이 했다. 다음과 같은 말은 친페미니즘적인 것이 아닐까. "완벽한 여성은 완벽한 남성보다 더 높은 유형의 인간이다."(『인간적인, 너무나 인간적인』)

니체는 "신이 존재한다면 좋겠지만 아쉽게도 신은 존재하지 않는다"('여동생에게 보낸 편지')라고 말했다. "지식인은 원수를 사랑할 뿐 아니라 친구를 미워할 수도 있어야 한다"(『이 사람을 보라』)처럼 그리스도교를 비꼬는 듯한 말도 했다.

하지만 니체는 사랑을 중시하는 그리스도교 문화권에서 태어나 자라고 활동했기 때문에 그 또한 사랑의 문제를 중시했다. 니체를 반그리스도교 사상가라고 단정짓기에는 그의 생각과 그리스도교 가치관 사이에 사랑이라는 교집합이 크다. 그는 이렇게 말했다. "우리는 삶을 사랑한다. 우리가 사는 데 익숙하기 때문이 아니라 사랑하는 데 익숙하기 때문이다."(『자라투스트라는 이렇게 말했다』)

"사랑을 위해 행해지는 모든 것은 항상 선과 악을 초월하여 일어난다"는 그의 말을 반그리스도교적으로 이해하는 독자도 있겠지만 니체의 이 말도 곰곰이 생각해보면 '성경적'일 수도 있다.

니체는 사랑하는 사람들이 상대편에게 결점을 들키지 않기 위해 결점을 스스로 고치려 한다고 주장했다. "이런 사람은 좋은 인간으로, 어쩌면 신과 비슷한 완전성에 끊임없이 다가가는 인간으로 성장할 수 있다"(『즐거운 지식』)는 그의 말은 신약성경에 나오는 "하늘에 계신 아버지께서 완전하신 것같이 너희도 완전한 사람이 돼라"(『마태복음』 5:48)를 연상시킨다.

그는 그리스도교의 선악 개념을 완전히 뛰어넘은 것도 아니었다. 그는 악인이 있다고 보았고 악인에 대해 이렇게 말했다. "악인에게는 공통점이 있다는 사실을 아는가? 그들의 공통점은 자신을 증오한다는 점이다."(『아침놀』)

니체는 사랑이나 결혼에 대해 어떤 입장이었을까. 사랑에 대해서는 대체로 긍정적이었고, 결혼 특히 연애결혼에 대해서는 부정적이었다고 할 수 있다. 그는 이렇게 말했다. "연애결혼의 아버지는 실수요, 어머니는 필요다."(『인간적인, 너무나 인간적인』)

부정, 긍정을 떠나 그는 정확한, 심지어는 냉혹한 객관성으로 사물의 본질을 있는 그대로 드러내려 했다. 사랑에 대해 그는 이렇게 말했다. "사랑 속에는 항상 얼마간 광기가 담겨 있다. 하지만 광기 속에도 항상 얼마간 이성이 담겨 있다."(『자라투스트라는 이렇게 말했다』) "가장 큰 이기주의는 무엇일까. 사랑받고 싶다는 욕구다."(『인간적인, 너무나 인간적인』)

사랑에 대한 그의 견해는 그의 초인사상과 결코 분리된 것이 아니었다. 오히려 밀접했다. '사랑은 초인이 되려는 자의 유용한 도구가 될 수 있다'는 견해를 그의 다음 말에서 읽을 수 있다. "사랑은 사람 안에 있는 아름다움을 발견하고, 그 아름다움을 계속 주시하려는 눈을 가지고 있다. 사랑은 사람을 보다 높은 차원으로 이끌려는 욕구를 가지고 있다."(『아침놀』)

다음과 같은 말을 보면 니체는 사람들이 사랑하는 것처럼 초인이 되기 위해 노력해야 한다고 본 것 같다. "사랑에 빠진 사람은 사랑하는 이에게 완전히 몰두한다. 연인을 세상에서 가장 매혹적이고 소중한 존재라 여김으로써 최고의 사랑을 느낀다. 제 일과 본분에 매진할 때도 이처럼 절대적인 믿음이 필요하다."(『인간적인, 너무나 인간적인』)

사실 니체는 사랑 예찬론자, 사랑지상주의자에 가까웠다. 그

니체는 거의 모든 주제와 문제에 대해서뿐 아니라 사랑에 대해서도 많은 말을 남겼다. 그는 사랑을 자기애에서 비롯되는 것으로 보았기 때문에 자기 자신을 사랑하지 못할 때 고독을 느낀다고 했다. 따라서 결혼을 결정할 때 가장 중요한 기준인 '대화'는 고독을 치유하고 행복한 결혼의 핵심이라고 보았다.

는 사랑과 존경을 동시에 받을 수 없다고 판단하고 "존경보다 사랑을 선택하는 것이 더 행복한 일이다"(『인간적인, 너무나 인간적인』)라고 했으며 "사랑은 허용한다. 사랑은, 욕심을 부리는 것도 허용한다"(『즐거운 지식』)고 했다.

니체에게 사랑은 자기애로부터 출발하는 것이었다. 니체는 우리가 우리 자신을 제대로 사랑하지 못하기 때문에 고독하다고 주장했다. 그가 내놓은 해결책은 이것이다. "자신을 진정으로 사랑하기 위해서는 먼저 자신의 힘만으로 무엇인가에 온 노력을 쏟아야 한다."(『자라투스트라는 이렇게 말했다』)

결혼의 성공 가능성, 승률을 높이기 위해 필요한 니체의 방책은 무엇이었을까. 먼저 사랑보다는 우정을 결혼의 기준으로 삼아야 한다. 사랑은 식기 때문이다. 사랑에는 유효기간이 있다. 니체는 한동안 '연쇄 일부일처제'를 현행 결혼제도의 대안으로 진지하게 고려했다. 그는 2년으로 끝내는 결혼은 어떨까 하는 생각을 했다.

니체는 우정에서 답을 찾았다. "불행한 결혼의 원인은 사랑의 결여가 아니라 우정의 결여"라고 보았고 그는 이렇게 말했다. "친구로서 최고인 남자가 최고의 아내를 얻는다. 좋은 결혼은 우정에 필요한 재능을 기반으로 하기 때문이다."(『인간적인, 너무나 인간적인』)

니체는 다음과 같이 결혼을 결정할 때 가장 중요한 기준으로 대화를 제시했다. "결혼할 때 당신 자신에게 다음과 같이 질문하라. '노년 때까지 이 사람과 대화를 잘 할 수 있을 것인가.' 결혼생활에서 모든 다른 것은 덧없다."(『인간적인, 너무나 인간적인』)

니체는 "죽음이 우리를 갈라놓을 때까지……"와 같은 결혼 서약에 대해 시큰둥했다. 다음과 같은 이유로. "우리는 행동을 약속할 수 있지만 감정을 약속할 수는 없다. 감정은 우리의 의지를 벗어났기 때문이다. 어떤 사람에게 영원한 사랑이나 영원한 미움이나 영원한 믿음을 약속하는 것은 자신의 권한 밖에 있는 것을 약속하는 것이다."(『인간적인, 너무나 인간적인』)

니체는 다음과 같은 결혼 서약이 현실적이라고 주장한다. "내가 당신을 사랑하는 한, 나는 사랑에서 우러나오는 행동으로 당신을 대할 것이다. 내가 당신을 사랑하지 않게 되어도 나는 당신을 전과 같은 행동으로 대할 것이다. 동기는 전과 다르겠지만."(『인간적인, 너무나 인간적인』)

니체는 『즐거운 지식』의 아포리즘 363번에서 "남자와 여자는 사랑을 각각 다르게 이해한다"며 "여성처럼 사랑하는 남성은 노예가 된다. 여성처럼 사랑하는 여성은 완전한 여성이 된다"고 말했다. 『방랑자와 그 그림자』에서는 "사랑한다는 것은 자신과는 완전히 정반대의 삶을 사는 사람을 그 상태 그대로 사랑하는 것"이라고 했다. 남자는 남자답게, 여자는 여자답게 서로의 차이를 있는 그대로 받아들이는 데 행복한 결혼의 길이 있다.

니체는 순결을 강조하는 전통적인 어른처럼 말하기도 했다. 이렇게. "육욕은 종종 사랑을 너무 빨리 자라게 한다. 그래서 그런 사랑의 뿌리는 약하기 때문에 쉽게 뽑힌다."(『선악을 넘어서』)

니체는 결혼이 결과적으로 모든 이를 위한 제도라고 생각했다. 이런 의미에서다. "결혼은 대부분의 보통 사람을 위해 고안되었다. 위대한 사랑이나 위대한 우정에 필요한 능력이 없는 사람들 말이다. 하지만 결혼은 사랑뿐 아니라 우정이 가능한 희귀한 사람들을 위한 것이기도 하다."(『니체 전집』 10권, 192쪽)

니체는 그리스도교 교인으로 죽기를 바라지 않았지만 그의 바람과 달리 그리스도교식 장례 후 교회에 묻혔다.

니체 일생

1844년	작센에서 출생
1869년	스위스 바젤대학 교수로 임명
1878년	『인간적인, 너무나 인간적인』 출간
1880년	『방랑자와 그 그림자』 출간
1881년	『아침놀』 출간
1882년	『즐거운 지식』 출간
1883~1885년	『자라투스트라는 이렇게 말했다』 출간
1886년	『선악을 넘어서』 출간
1888년	『우상의 황혼』『이 사람을 보라』 출간
1889년	정신병원 입원
1900년	바이마르에서 사망

10

Histoire de ma vie

10

'여자 카사노바' 조르주 상드의
『나의 인생 이야기』

> "나에게 사랑 없는
> 섹스는 죽을죄다."

'사랑이 제일 쉽다'고 말할 수 있는 행운아도 있겠지만 사랑은 대부분의 사람, 아니 모든 사람에게 힘들고 어렵다. 왜일까? 먼저 시공을 초월하는, 사랑에 내재되어 있는 고유 메커니즘 자체가 만만치 않다.

사람은 육체적 사랑과 정신적 사랑이 균형을 이루는 가운데 둘 다 어느 정도 누려야 만족한다. 게다가 석기 시대건 21세기 포스트모던 시대건 사랑은 사회와 상호작용한다. 특히 사회의 혁명적 전환기에 사람들이 사랑하는 방식은 지진의 파동처럼 흔들린다.

사회 변화의 진원지에서 본인뿐 아니라 전 인류를 위해 사랑의 새로운 모델을 개발해야 하는 사람들이 있다. 조금 과장한다면…… 프랑스 낭만파 소설가 조르주 상드가 그런 경우다. 상드가 살았던 프랑스는 공화정과 군주정이 어지럽게 반복해서 붕괴되고 수립되는 가운데 사회가 급변했다.

　상드가 세상을 떠나자 『레 미제라블』(1862)로 유명한 프랑스 대문호 빅토르 위고는 이렇게 말했다. "내게는 지금 그를 떠나보내는 눈물과 슬픔이 있지만 불멸의 인물이 된 그에게 인사하는 기쁨도 있다." 또 상드의 장례식 추도사에서는 이렇게 말했다. "이번 세기의 지상 과제는 프랑스혁명을 완성하고 인류혁명을 시작하는 것이다. 혁명이 요구하는 평등에 포함되는 남녀평등을 위해 조르주 상드라는 강한 여자가 필요했다."

　상드는 어떤 인물이었을까. 다음과 같은 상드 자신의 말이 그의 삶을 요약한다. "인생을 닮은 소설보다는 소설을 닮은 인생이 더 흔하다." 그의 삶은 진정 드라마였다. 그의 인생은 '고품격 막장 연속극'이라고도 할 수 있다. 상드의 소설에 나오는 이야기는 그가 직접 체험한 이야기인 경우가 많다.

　상드는 강한 사람, 아니 강한 여자였다. 그의 강함은 자유를 향한 전진에서 비롯되었다. 그는 이렇게 말했다. "자유롭게 되는 것이 내 직업이다." 당시 상드는 사람들의 반은 이해할 수 있으나 나머지 반은 수긍할 수 없는 자유분방한 보헤미안 스타일의 삶을 살았다. 인텔리들은 대체로 그의 손을 들어주었다. 하지만 샤를 보들레르는 예외였다. 상드에 대해 이런 악평을 남겼다. "이런 잡년에게 매혹되는 남자들이 있다는 사실은 이 세대 남자들이 추락했다는 것을 증명한다."

근대 프랑스의 탄생과 성장통을 겪어야 했던 일반 국민은 상드 때문에 둘로 나뉘었다. 그를 극단적으로 사랑하거나 혐오했다. 중간지대의 세력은 미미했다.

반대파는 상드가 '결혼과 도덕의 가치를 흔드는 공공의 적'이라고 공격했다. 이유가 뭘까? 그는 남편을 '버리고' 이혼을 감행했다. 남장男裝을 했다. 코르셋을 벗어 던졌으며 치마 대신 바지를 입었다. 공공장소에서 줄담배 연기를 뿜어냈다. 사람들이 보는 앞에서 태연하게 시가를 즐겼다.

'사랑의 완성＝결혼'이라는 통념이 당시 사람들의 마음을 지배했다. 이 등식을 잣대로 삼으면 상드는 낙제점을 받았다. 남작의 혼외자로 태어난 남편은 너무 평범했다. 상드는 남편과 하고 싶은 것이 아주 많았다. 같은 책을 읽고 토론하고 싶었다. 뜨거운 육체적 사랑도 나누고 싶었다.

상드는 베토벤 소나타를 즐겨 연주하는 수준급 실력자였으며 초상화, 풍경화도 잘 그렸다. 남편은 그런 쪽에 별 조예가 없었다. 남편은 정신적으로도, 육체적으로도 상드를 만족시키지 못했다. 남편은 옹졸한데다 바람까지 피웠다.

오귀스트 샤르팡티에, 〈조르주 상드의 초상화〉, 1838년.

조르주 상드는 고품격 막장 드라마의 주인공처럼 자유분방한 보헤미안 스타일의 삶을 살며 수식어가 필요 없는 작가로서의 명성을 얻었다. 또한 원조 페미니스트로서 사회와 인습에 저항하며 여권을 비롯한 인권에도 관심을 기울였다.

"팔자 도망은 못한다"는 속담이 있지 않은가. 상드는 그가 쓴 작품 수만큼(소설 80여 편, 희곡 35편) 염문을 뿌렸지만 세간은 그가 육체적 만족을 못 했을 것이라고 추측한다(상드를 만족시킨 사람은 그와 동성애 관계였던 마리 도르발이라는 여배우라는 설이 있다). 아니면 반대로 상드는 항상 새로운 체험을 추구하는 사랑과 섹스밖에 모르는 '여자 카사노바'였는지도 모른다.

카사노바와 상드의 공통점은 두 사람 모두 세상이 알아주는 문필가였고 바람둥이로 소문났다는 것이다. 차이가 있다면 상드가 당대의 '국보급' 명사들, 특히 쟁쟁한 문인만 상대했다는 점이다. 당대 문화·예술계 셀러브리티는 상드의 친구 아니면 애인이었다. 애인 중에서는 알프레드 드 뮈세와 프레데리크 쇼팽이 가장 유명했다.

20세기에서 21세기는 상드를 주로 '쇼팽의 연인'으로 기억한다. 하지만 생전에는 사랑에 탐닉하는 사람이기 이전에 감동을 주는 글쟁이로 유명했다. 당시 비평가들은 그를 '여류 작가'라는 범주 내에서 평가하지 않았다. 그는 수식어가 필요 없는, 그냥 '작가'였다.

상드 옆에 서면 스탕달, 오노레 드 발자크, 귀스타브 플로베르도 빛을 잃었다. 상드의 책이 더 많이 팔렸다. 프랑스뿐 아니라 유럽 전역, 특히 러시아에서는 상드의 '센티멘털'한 이야기가 인기를 끌었다.

상드 최고의 작품 중 하나는 『나의 인생 이야기Histoire de ma vie』다. 세상이 그를 잊었기에 『나의 인생 이야기』는 프랑스에서도 1876년 이후 절판되었다가 1970년에 복간되었다. 영문판 완역본이 처음 나온 것은 1991년이다.

상드는 "모든 것이 역사로 수렴된다. 모든 것이 역사다"라는 관점에서 『나의 인생 이야기』를 썼다. 나름대로 솔직한 자서전이다. 열일곱 살부터 느꼈던 자살 충동의 여러 순간을 술회했다(악평과 '악플' 앞에 장사 없다. 21세기에도 남자 카사노바건 여자 카사노바건 죽고 싶을 때가 여러 번일 것이다).

사랑에 대한 상드의 생각도 실려 있다. 결론은? 상드에게 사랑 없는 섹스는 죽을죄다. 상드는 이렇게 말한다. "남성이건 여성이건 한 인간이 완벽한 사랑을 이해하게 되면 오로지 동물적 행위로 회귀하는 것은 더는 가능하지 않다."

카사노바가 쓴 동명의 자서전 『나의 인생 이야기』와 비슷한 내용을 상드의 『나의 인생 이야기』에서 기대한다면 실망할 수 있다. 애정 문제 이전에 자신이 태어나기 전의 가족사와 자신의 성장과정을 우선으로 다루고 있기 때문이다.

아리스토텔레스·로크 같은 철학자, 셰익스피어·단테 같은 작가의 저작을 섭렵하며 어떻게 자신이 지적·정신적으로 성장했는지도 비중 있게 다루고 있다. 방중술房中術, 체위, 유혹의 기술 같은 것도 중요하지만 사랑과 섹스의 지적·정신적 차원에 대해서는 상드가 힌트를 줄 수 있지 않을까.

『나의 인생 이야기』는 그가 남장을 하고 다닌 이유도 밝히고 있다. 어떤 페미니즘적인 이유에서가 아니라 경제적·실용적 고려 때문이라는 것이다. 상드는 어렸을 때부터 남자 옷을 입었다. 남편으로부터 탈출하여 무작정 상경하다시피 했을 때 그에게는 돈이 없었다. 또 남자 옷이 편하기 때문이기도 했다.

종교 이야기도 나온다. 가만히 살펴보면 상드의 애정 '행각'과 그의 종교관은 밀접한 관계에 있다. 상드는 어린 시절 '코랑베'라는 이름의 신을 창조했다. 여성이기도 하고 남성이기도 한 신, 남성도 여성도 아닌 신이었다. 그리스도교의 신과 그리스·로마 신화의 신 양쪽 모두를 닮은 신이기도 했다.

상드는 열네 살에 수녀원으로 들어가 2년 반 동안 교육을 받았다. 그는 수녀가 될 뻔했다. 신비 체험도 했다. 아우구스티누스와 마찬가지로 "톨레 레게Tolle, lege", 즉 "(성경을) 집어서 읽어라"라는 목소리를 들었다. 자신이 믿는 신에 대해 상드는 이렇게 말했다. "나는 정의와 평등을 고집하는 신 외에는 다른 신은 믿지 않는다."

이런 식의 논리를 펼 수 있다. 종교는 초월적이다. 인간은 종교를 통해 자신을 초월하는 이상을 꿈꾼다. 상드는 종교적인 인물이었다. 사실 상드는 일부일처제 결혼이 최상이라고 주장했다.

하지만 그가 꿈꾸는 사랑은 기대치가 너무 높았다. 그를 만족시킬 수 있는 남자는 세상에 없었다. 상드는 자신보다 어린 남성들과 사귀었는데, 관계가 모자지간처럼 바뀌는 경우가 많았다. 일부 페미니스트가 별로 좋아하지 않는, '모성애'의 화신처럼 되었다.

페미니즘과 상드의 관계는 논란거리다. 그는 남성복이 더 편했고 여자보다 남자를 대할 때 더 편했다. 그는 이렇게 말했다. "극소수의 예외를 제외하면 나는 여자들과 오래 함께 있는 것이 힘들다."

상드를 '원조 페미니스트' '페미니즘의 어머니' 중 한 사람으로 인정하는 것이 맞다. 그는 소설을 통해 여성이 마음껏 사랑할 자유를 방해하는 사회와 인습에 저항했다. 상드는 자신이 소설에서 제시한 이상적인 사랑을 현실에서 몸소 실천했다.

하지만 부정적인 평가도 있었다. 여성해방운동에 참여한 프랑스 철학자 시몬 드 보부아르는 상드를 이렇게 평가했다. "조르주 상드는 글을 잘 쓰지 못했다. 그는 여성과의 그 어떤 연대도 거부했다." 상드가 페미니스트인 플로라 트리스탕의 여성참정권 운동에 가담하지 않은 것도 '오점'으로 남았다.

이런 평가는 일면 관점의 차이에서 비롯된 것이다. 상드는 여권보다는 인권 자체에 관심을 기울였다. 남녀 성별에 대해 상드는 이렇게 말했다. "마음에는 성별이 없다." "단 하나의 성性만 있을 뿐이다. 남성과 여성은 전적으로 같기 때문에 우리 마음을 채우고 있는 성을 구별하는 이유를 이해하기 힘들다."

상드의 부계는 귀족, 모계는 평민 집안이었는데 상드는 저택을 상속받았다. 1848년 프랑스를 비롯하여 유럽 전역을 휩쓴 혁명 당시에는 공화주의자·사회주의자였다. 사랑 때문에 힘든 여성뿐 아니라 사는 것이 힘든 노동자·농민이 그의 소설 주인공으로 등장한다. 하지만 나이가 들면서 보수화되었다. 고향 노앙으로 낙향한 다음에 발생한 1871년 파리 코뮌(파리에서 일어난 민중 봉기)을 비난했다.

상드는 엄청난 속도로 소설을 완성했다. 한 해에 여러 권을 출간하는 경우도 많았다. 알프레드 드 뮈세도 부러워한 상드의 비결은? 밤 12시부터 아침까지 6시간 동안 무조건 썼다. 매일 20쪽 정도는 술술 쓸 수 있었다.

걸출한 인물이었지만 한편으로 상드는 '평범한' 여성이었다. 위로가 필요할 때 바느질을 했으며 정원 가꾸기, 잼 만들기를 좋아했다. 평범한 어머니이기도 했다. 그는 아들 모리스를 얻었을 때 기쁨을 "내 인생에서 가장 아름다운 순간"이었다고 표현했다. 또 노년에는 집필을 계속하면서 자연과 신, 손주들과 함께 평온한 일상을 보내는 할머니였다.

상드는 1845년 한 지인에게 보낸 편지에서 이렇게 말했다. "인생이란 해묵은 상처다. 좀처럼 가시지 않으며 절대 아무는 법이 없는 상처다." 하지만 인생이라는 상처에는 아픔과 슬픔뿐 아니라 기쁨도 있다. 인생이라는 상처에는 영면永眠이라는 최종 해결책이 있다. 위고의 말처럼 상드는 지금 불멸의 세계 속에 있다.

조르주 상드는 필명이다. 조르주George는 남자 이름이다. 상드Sand는 결혼 전 성姓도 아니고, 이혼한 남편 성도 아니다. 한때 사랑했던 쥘 상도Jules Sandeau라는 남자의 성에서 '오eau'를 뺀 것이다.

격변기 속에서 살아야 했던 상드는 평생 이런 '창의적인' 선택을 해야 했다. 이른바 제4차 산업혁명, 인공지능AI 혁명의 소용돌이 속에서 사랑해야 하는 사람들도 그런 선택이 필요하다.

상드 일생

1804년	프랑스 중부 노앙에서 출생
1817~1820년	수녀원 기숙학교 생활
1822년	카지미르 뒤드방 남작(1795~1871)과 결혼
1831년	파리로 이주하며 남편과 별거
1832년	데뷔작이자 출세작『앵디아나』출간
1833~1835년	알프레드 드 뮈세와 연인관계
1835년	남편과 공식 이혼
1837~1847년	쇼팽과 연인관계
1847~1855년	『나의 인생 이야기』집필
1876년	노앙에서 사망

상드의 말말말

인생에서는 단 한 가지 행복이 있을 뿐이다. 사랑하고 사랑받는 것.

그 어떤 인간도 사랑에 명령할 수 없다.

산을 움직이는 것은 믿음이 아니라 사랑이다.

우리는 우리 인생에서 단 한 페이지도 찢어낼 수 없다. 하지만 우리는 인생이라는 책 전체를 불속으로 던질 수 있다.

행복에 꼭 필요한 것이 무엇인지 알고 난 다음에는, 우리는 노력의 결과로 행복하게 된다. 행복의 요소는 소박한 취향, 어느 정도의 용기와 극기, 일에 대한 사랑, 그리고 무엇보다 확고한 양심이다.

사람들이 사악하지 않다면 나는 그들의 멍청함에 개의치 않을 것이다. 불행히도 사람들은 둘 다다.

예술 그 자체를 위한 예술은 빈말이다. 진선미眞善美를 위한 예술, 그것이 내가 추구하는 신앙이다.

진리는 너무나 간단하다. 우리는 항상 복잡한 경로를 통해 진리에 도달한다.

내 앞에서 걷지 말라. 내가 당신을 뒤따르지 않을 수도 있다. 내 뒤에서 걷지 말라. 내가 당신을 이끌지 않을 수도 있다.

11

Kāmasūtra

11

사랑에 대한 아포리즘, 『카마수트라』

'여성은 어떤
즐거움을 바랄까.'

사랑을 수식으로 표현한다면? 사랑=섹스, 사랑≠섹스, 사랑≒섹스, 섹스 〉사랑, 사랑 〉섹스, 사랑=눈물의 씨앗 등 여러 가지 가능성이 있다. '사랑=체위'는 어떨까.

『카마수트라』는 흔히 섹스 매뉴얼, 체위 매뉴얼로 인식되는 고대 인도 문헌이다. 카마Kāma는 욕망, 정욕, 쾌락이다. 수트라sūtra는 '물건을 묶는 로프나 실', 논문·논고다.

영미권에서는 『카마수트라』를 '사랑에 대한 아포리즘Aphorisms on Love'으로도 번역한다. 산스크리트 문학의 백미 중 하나다. 『카마수트라』는 이 분야 세계문학사에서 최고最古, 그리고 아마도 최고最高의 위치를 차지할 것이다.

인도 학자Indologist인 시카고대학 교수 웬디 도니거에 따르면 『카마수트라』는 『아르타샤스트라Arthashastra』(마키아벨리를 마더 테레사처럼 보이게 만드는 극적인 현실주의로 유명한 책), 『다르마샤스트라Dharmashastra』와 더불어 고대 인도의 트로이카 문헌이다.

『카마수트라』는 우리에게 '역사가 반드시 선형적linear으로 발전하는 것은 아니다'라는 사실을 알려준다. 시대를 앞서가도 한참 앞서간 이 책은 그 후예도 많았지만 그 전통은 쭉 계승, 발전되지 못하고 쇠퇴기를 겪었다. 영미권의 경우 『카마수트라』의 전통을 계승한 것은 1200만 부가 팔렸다는, 앨릭스 컴퍼트가 쓴 『조이 오브 섹스』(1972)다.

『카마수트라』는 대략 서기 200년에서 300년에 완성된 것으로 보인다. 하지만 그 뿌리는 최소한 기원전 5, 6세기로 거슬러 올라간다. 1883년 처음 영어로 번역되었으며 영국과 미국에서 정식으로 출판된 것은 1962년이다. 그만큼 이 책에는 '미풍양속에 맞지 않는다'는 평가가 있다.

이 책을 처음 서구에 소개한 리처드 버턴은 29개 국어를 하는 외교관, 언어학자, 스파이였다. 그는 몰래 메카로 순례여행을 떠났다. 이 책을 몰래 발간하여 투옥될 뻔했다.

서구에서는 이 책을 아직도 대부분이 '섹스 매뉴얼' '체위 매뉴얼'로 인식하고 있다. 책에 64개의 체위가 나와 있는 것은 사실이다. 책의 20퍼센트는 체위에 대해 다루고 있다. 원본에는 그림이 없지만 책 제목에 '카마수트라'가 들어가는 책에는 조금 야한 그림과 사진이 실려 있다. 글은 거의 없고 그림과 사진이 주가 되는, 『카마수트라』를 사칭하는 책도 많다.

아직도 세계 상당수 나라에서 『카마수트라』는 서점에 '떳떳하게' 진열되지 못한다. "『카마수트라』 한 권 주세요"라고 말하면 서점 점원이 씩 웃으며 갖다줄 것이다. '카마수트라'는 콘돔, 에로 비디오 등 성 관련 제품 이름에 애용된다.

『카마수트라』는 인도 문학에도 깊은 영향을 준 명저다. 하지만 상당수 현대 인도인은 이 책을 국가적 자랑이 아닌 수치로 생각한다. 왜 그렇게 되었을까. 영국 식민 시대의 유산이 그 한 가지 이유다. 식민지였을 때 인도는 영국 청교도주의의 영향을 받았다. 최근에는 힌두 근본주의의 발흥이 이 책을 껄끄럽게 여기게 만드는 분위기를 조성했다.

"악마는 디테일에 있다"고 하지 않는가. 이 책은 디테일이 엄청나다. 예컨대 이 책의 권장 사항에는 이런 것이 있다. 성교 후 남편과 아내는 서로 쳐다보지 않고 각자 몸을 씻은 다음 대화를 나누면서 가벼운 음료와 음식을 함께 즐겨야 한다. 이때 남편의 무릎은 아내의 베개다.

어쨌든 7권 36장으로 구성된 이 책에서 체위는 2권의 주제일 뿐이다. 책 전체 분량의 약 20퍼센트에 해당한다. 나머지는 에티켓 등 다양한 주제를 다룬다. 없는 것이 없는 뷔페 같은 책이다. 이런 것들이 나온다. 구애, '밀당', 유혹의 기술, 헤어지는 법(차는 법), 사랑싸움, 피해야 할 남성과 여성, 유부녀, 최음제 및 정력제, 성애를 위해 페니스를 변조하는 법 등등.

성매매 여성 관련 내용도 한 권을 차지한다(당시 인도에서 성매매 여성은 반드시 부끄러운 직업 종사자는 아니었다). 저자에 따르면 성매매 여성은 절대 사랑을 위해 돈을 희생하면 안 된다. 돈이 최고 우선순위이기 때문이다. 덫에 걸린 남성을 마지막 남은 한 푼까지 탈탈 털어 알거지로 만들 정도가 되어야 한다는 것이다.

술잔치와 돈 버는 법을 논하는가 하면 청결을 강조한다. 남성은 매일 이를 닦고 목욕하고 손톱과 수염은 나흘에 한 번 깎아야 한다.

이 책의 저자는 철학자 바차야나Vatsayana다. 그의 생몰 연대는 알 수 없다. 책 내용 중 일부는 기원전 5, 6세기까지 올라가는 것으로 분석된다. 저자가 기존의 저서를 취합했기 때문이다.

이 책은 라이프스타일 가이드, 인생 백과사전이라고 할 수 있다. 단 사랑과 섹스가 중심이다. 인생학·사랑학 원론이라고도 할 수 있다. 일종의 자기계발서이기도 하다.

저자는 『카마수트라』의 독자들이 그들이 도모하는 모든 일에서 성공을 거둘 것이라고 자신한다. 이 책을 읽으면 사회의 지도자가 된다는 것이다. 왜일까? 사랑을 잘하는 남성이 사회에서도

200년에서 300년에 완성된 바차야나의 『카마수트라』는 산스크리트 문학의 백미다. 고대 인도의 남녀 성생활을 비롯하여 에티켓 등 다양한 주제를 다룬다. 이 책의 핵심인 카마, 즉 쾌락은 인생에서 무엇보다 필요하다. 인생에서 가장 강력한 힘이기 때문이다.

인정받기 때문이다. 가화만사성家和萬事成이다. 가화의 핵심은 '밤일'이라는 것이 저자의 인식이다.

책의 주제인 카마는 다르마Dharma와 아르타Artha와 함께 놓고 이해해야 한다. 다르마는 올바름, 덕이다. 일종의 의무이기도 하다. 우주적·사회적 질서에 순종해야 할 의무다. 다르마는 한자어로 달마達磨다. 아르타는 삶의 수단인 재물과 권력이다. 의미, 목표, 본질을 의미하기도 한다. 욕망, 정욕, 쾌락인 카마는 마음과 영혼의 도움을 받아 오감五感, 즉 "시각, 청각, 후각, 미각, 촉각의 다섯 가지 감각"을 즐겁게 하는 것이다.

중요도에서는 다르마, 아르타, 카마 순서를 따른다. 이 인도적 가치의 삼총사 사이에 충돌이 일어나면 상위의 가치가 우선이다. 예컨대 다르마와 아르타가 충돌하면 다르마, 아르타와 카마가 충돌하면 아르타가 우선이다. 하지만 원칙적으로는 세 가지를 균형 있게 추구해야 한다는 것이 저자의 생각이다.

책의 일차적 타깃 독자층은 돈 걱정은 안 해도 되는 상류층 도시 거주자, 멋쟁이 신사, 귀족, 고위층 공무원, 부유한 상인이다. 물질적·정신적으로나 상대적으로 여유가 있는 사람들이다. "다르마, 아르타, 카마를 실천하는 사람은 현세뿐 아니라 내세에서도 행복을 누린다"고 주장하는 저자가 그들을 위해 『카마수트라』를 집필하게 된 동기는 다르마, 아르타에 비해 카마가 무시되는 경향이 있기 때문이다.

"쾌락은 불행의 씨앗"이라고 말하는 사람들이 있다. 바차야나는 그들에게 사람이 음식을 먹어야 하는 것처럼 쾌락도 필요하다고 지적한다. 물론 쾌락을 추구할 때 절제와 주의가 필요하다. 하지만 쾌락을 멸시하거나 무시하면 안 된다. 쾌락은 인생에서 가장 강력한 힘이기 때문이다.

다르마, 아르타, 카마의 추구는 인생의 단계에 따라 무게중심이 바뀐다. 유년기에는 학문을 연마해야 한다. 청년기와 중년기에는 아르타와 카마를 추구해야 한다. 노년기에는 모크샤Moksha(해탈)를 위해 다르마에 집중해야 한다.

바차야나에게 사랑은 '신성한 결합'이다. 또 섹스 자체는 나쁜 것이 아니다. 그의 관점은 비도덕적이 아니라 탈도덕적amoral이다. 그는 출산, 특히 득남을 위한 출산이 아니라 섹스를 위한 섹스를 표방한다. 당시 인도인들의 관념과 달랐다.

같은 시대에도 보편과 특수는 구분된다. 오늘날 서울과 뉴욕이 공유하는 보편적인 사랑·섹스 방식도 있지만 특수한 것도 있다. 하물며 2000여 년 전으로 거슬러 올라가는 『카마수트라』는 현대인이 보기에 특수하거나, 심지어 '역겨운' 것이 없으랴.

저자는 '남녀 성기 사이즈는 만족도에 중요하지 않다'는 현대 성과학sexology과 다른 주장도 했다. 바차야나는 남녀 성기 사이즈를 대·중·소로 나눈다. 남성의 성기를 종마·황소·토끼, 여성은 코끼리·암말·토끼로 분류했다. 그는 남녀의 성기 사이즈가 맞아야 바람직하다고 주장했다.

바차야나는 1950년 발견된 지스폿G-spot의 존재를 알고 있었다(아직 지스폿의 존재에 대해 논란이 있다). 그만큼 근대적·현대적 내용을 펼친 저자였다. 21세기 남녀에게 영감을 줄 내용도 많지만 지금 보면 이상한 내용, 무시할 내용도 많다.

『카마수트라』는 금을 칠한 공작이나 하이에나의 뼈를 오른손에 묶으면 '여성이 거절할 수 없는 남성'이 된다고 주장했다. 또 '변강쇠'로 만들어주는 그 시대의 비아그라로 '우유에 끓인 참새 알을 버터기름, 꿀과 섞은 음료' '양과 염소의 고환을 설탕을 첨가한 우유에 넣어 끓인 음료'를 제시했다.

『카마수트라』에는 터부taboo가 없다. "사랑에는 다양성이 필요하다. 사랑은 다양성을 수단으로 삼는다"고 주장한 저자는 포옹이나 키스뿐 아니라 깨물기, 할퀴기, 때리기, 신음 소리 내기를 성애의 스킬로 제시한다. 여성의 자위행위, 오럴섹스, 동성연애도 가치 판단 없이 다루었다.

진보나 페미니즘이라는 오늘의 잣대로 보면 『카마수트라』에 화낼 내용도 있다. 오늘날의 기준으로 보면 성희롱, 강간에 해당되는 일도 바차야나에게는 '당연한' 것이었다. 그는 여성의 노no, 항의, 고통 호소를 남성을 자극하기 위한 '술책' 정도로 여러 번 이해했다. 『카마수트라』의 남성은 가정을 꾸린 다음 집안의 왕처럼 군림했다. 눈살을 찌푸릴 만하다.

하지만 당시 기준으로 보면 『카마수트라』는 이례적으로 여성을 존중한 텍스트다. 여성의 욕구를 인정했다. 저자에 따르면 여성의 성욕은 남성보다 여덟 배 강렬하다. "여성은 만족시키기 힘들다"며 "남편이 자신을 만족시키지 못하면 아내가 남편을 떠나야 한다"고 주장했다.

그렇다면 어떻게 여성을 만족시킬 것인가. 저자는 남편과 아내가 함께 절정에 도달하는 것이 이상적이라고 보았고(이 또한 근대적 관점이다) 그러려면 충분한 전희가 필요하며 지구력을 연마해야 한다고 주장했다. 여성은 남성이 단순히 자신의 '욕심'을 만족시키는 대상이 아니기 때문이다. 『카마수트라』의 남성은 여성의 눈치를 보는 남성이다. 저자는 이렇게 말한다. "남자는 여성의 행동을 관찰해 그 여성의 성향과 그 여성이 어떤 즐거움을 바라는지 파악해야 한다."

『카마수트라』는 남성만 보라고 쓴 책이 아니었다. 남녀 모두를 독자층으로 보았다. 저자는 여성의 취미·여가 생활에도 관심이 많았다. 그는 아내가 그림, 글쓰기, 꽃꽂이, 마술, 요리, 운동, 음악, 독서를 배워야 한다고 주장했다.

그는 남성이 피해야 할 여성으로 냄새나는 여성, 땀이 많이 나는 여성, 피부병이 있는 여성, 이름이 이상한 여성, 탈모 증세가 있는 여성 등을 열거했지만, 동시에 여성이 피해야 할 남성으로 입냄새가 심한 남성, 말이 너무 많은 남성을 지목했다.

『카마수트라』는 신뢰와 자신감을 사랑과 섹스의 성패를 가르는 핵심이라고 보았다. 사회에 성매매 여성이 필요한 이유도 남성이 결혼 전에 자신감을 확보해야 하기 때문이라고 주장했다. 이 책은 결혼식 후 10일 동안 부부가 관계를 하지 말라고 권장한다. 아내가 남편을 받아들일 수 있는 신뢰와 자신감을 주기 위해서다. 정력이나 기교보다 중요한 것이 신뢰와 자신감이라는 것이다.

저자가 제시하는 사랑과 섹스의 성공방정식은 매우 간단하다. 다만 저자가 전제하는 것은 남녀 모두 성적인 쾌락을 추구한다는 것. 하지만 제짝을 찾는 스타일은 남녀가 다르다는 것이다. 여성은 남성보다 사랑에 빠지기 힘들다. 시간이 조금 더 오래 걸린다. 지극히 까다로운 것이 여성의 본성이라는 것이다.

한편,『카마수트라』는 남성이 쉽게 포기하는 경향이 있다고 지적한다. 그렇다면 답은 나와 있다. 남성이 포기하지 않으면 된다. 저자는 여성을 '정복'하려면 그의 신뢰를 얻기 위해 집요한 헌신이 필요하다고 말한다.

저자는 성교와 사랑을 전쟁에 비유한다. 전쟁에 임하는 전사처럼 여성을 대하라는 뜻이다. "사랑과 전쟁에서는 모든 것이 공정하다"라는 말도 있지 않은가. 전쟁을 하건 하지 않건 첩보가 필요하다. 또 전쟁을 막거나 이미 발발한 전쟁을 평화로 되돌리려면 중개인이 필요하다.『카마수트라』는 사랑에서 첩보와 중개인이 중요하다고 강조한다.

저자는 여성의 마음을 얻기 위해 때로는 자신의 능력을 뽐낼 필요가 있다고 한다. 그 정도는 양반이다. 저자는 별로 올바르지 않은 방법도 제시한다. 연적戀敵에 대한 나쁜 소문을 퍼뜨리는 일도 전략이라는 것. 심지어 점쟁이로 위장한 친구를 보내 '그 친구는 크게 될 인물입니다'라는 점괘를 내놓는 것도 한 방법이라고 말한다.

저자의 주장에 따르면 그는 '명상에 파묻힌 독신생활 속'에서 이 책을 집필하고 편집했다. 믿기 힘들지만 그럴 수도 있을 것 같다.

카마는 신의 이름이기도 하다. 『표준국어대사전』에도 이렇게 나온다. "인도 신화에 나오는 애욕의 신. 쾌락의 여신인 라티Rati의 남편으로, 활과 화살을 들고 뻐꾸기와 꿀벌 따위를 거느리는 아름다운 청년으로 묘사된다." 카마는 '큐피드의 화살'을 연상시킨다. 전쟁을 연상시키기도 한다.

사랑이라는 전쟁에서 승리하려면 어떻게 해야 할까. 다음과 같은 저자의 말에 유념할 필요가 있지 않을까. 그는 이렇게 말했다.

· 아무것도 하지 않는 사람은 아무런 행복도 누릴 수 없다.
· 어떤 남자가 아무리 어떤 여자를 사랑한다 하더라도, 그 여자에게 말을 많이 걸지 않고서는 그의 마음을 얻을 수 없다.

12

Anna Karenina

12

톨스토이의 '첫째' 소설, 『안나 카레니나』

불륜에 빠진 귀부인,
결국······ 기차에 몸을 던지다.

"모르는 것이 약이다" vs "아는 것이 힘이다", "태산이 높다 하되 하늘 아래 뫼이로다" vs "오르지 못할 나무는 쳐다보지도 마라"의 경우처럼 모든 말은 그 말을 뒤집어도 일리가 있다.

"나는 생각한다, 고로 존재한다" 못지않게 "나는 존재한다, 고로 생각한다"도 결코 장난이 아닌 깊은 의미를 담고 있다. 진리나 지혜는 양면성, 상대성을 피할 수 없는 것일까.

세계소설사에서 가장 유명한 첫 문장은 『안나 카레니나Anna Karenina』에 나온다. "모든 행복한 가정은 대동소이하다. 모든 불행한 가정은 각양각색의 방식으로 불행하다." 반대로 이야기해도 말이 된다. "모든 행복한 가정은 각양각색의 방식으로 행복하다. 모든 불행한 가정은 대동소이하다."

무엇이 비슷할까. 불행한 가정은 부부의 속궁합이 잘 안 맞는 경우가 많다. 섹스리스sexless보다는 섹스풀sexful한 것이 더 좋지 않을까. 애정 없는 결혼보다는 사랑으로 충만한 결혼이 더 좋지 않을까. 가정의 핵심인 부부의 육체적·정신적 사랑이 충족되지 않으면 한쪽 또는 양쪽이 한눈팔기 쉽다.

레프 니콜라예비치 톨스토이는 자신이 "가족소설"로 정의한 『안나 카레니나』가 자신의 진정한 '첫째 소설'이라고 스스로 평가했다. 표도르 미하일로비치 도스토옙스키는 "예술 작품으로서 아무런 흠이 없다"고 평가했다. 서구문학사에서 단독 톱 아니면 적어도 톱 5, 톱 10 소설이다.

『안나 카레니나』는 월간지 『러시아 메신저』에 연재(1873)한 것을 1878년 단행본으로 출간한 현실주의 소설이다. 서양 언어로는 900여 페이지, 한글판은 1500여 페이지다('열린책들'에서 출간한 『안나 까레니나』 기준). 『안나 카레니나』는 영화, 연극, 오페라, 발레로 끊임없이 재해석되었다. 영화 〈안나 카레니나〉에서 안나 역을 맡은 유명 배우는 그레타 가르보(1927, 1935), 비비언 리(1948), 소피 마르소(1997), 키라 나이틀리(2012) 등이 있다.

『안나 카레니나』는 다른 명작들과 마찬가지로 인간 조건의 모든 것을 포괄적으로 다룬다. 사랑, 불륜, 용서, 질투, 참회, 변명,

운명, 저주, 우연, 미신, 인생의 의미, 꿈의 해석, 진화론, 자유주의, 1870년대 러시아 상류 귀족 사회의 성 모럴, 정치 상황, 농노해방 이후의 농촌 문제가 나온다. 대작『안나 카레니나』는 없는 음식이 없는 뷔페 같은 작품이다. 세계사나 러시아사에 조금 관심이 있어야 더욱 재미있게 읽을 수 있는 책이다.

사랑에 눈이 멀었다가 본래 '시력'을 되찾는 과정을 그린 소설이기도 하다. 21세기에 읽어도 공감할 수 있는『안나 카레니나』는 "머리의 수만큼 다른 마음이 있고, 가슴의 수만큼 다른 종류의 사랑이 있다"는 작품 속 표현처럼 다양한 부부의 각양각색 사랑을 다룬다.

『안나 카레니나』는 "사랑밖에 난 몰라"라고 하는 사람들이 왜 사랑밖에 모르는지 서술하고 설명한다. 하지만 톨스토이가 진짜 하고 싶은 말은 다른 것인지도 모른다.

어쩌면 톨스토이는 '사랑도 중요하지만 사랑만으로는 불충분하다' '사랑은 대가를 치러야 한다'(사랑에도 공짜 점심은 없다) '사랑은 축복이 될 수도, 저주가 될 수도 있다' '사랑은 과대평가된 면이 없지 않다'는 메시지를 전하려고 하는지도 모른다. 톨스토이는 '사랑 제일주의'의 한계나 위험성을 경고한다. 톨스토이는 "신들은 어떤 사람들을 파멸의 길로 이끌 때 일단 그들을 미치게 만든다"고 했다. 사랑만큼 사람을 미치게 만드는 것은 없다.

『안나 카레니나』의 결론은 '사랑도 중요하지만 인생의 의미를 찾는 것, 인생에 궁극적 의미를 부여하는 신앙이 필요하다'고 볼 수 있다. 톨스토이의 '꼼수'다. 모든 사람이 사랑에 관심이 많다. 신앙 문제는 가급적 미루고 피하려는 성향도 있다.

톨스토이는 사랑, 사랑 중에서도 가장 자극적인 불륜을 이야기하는 척하면서 사실은 신앙을 이야기하고 있다. '사랑이 다가 아니다. 행복이 다가 아니다. 행복한 사람도 뭔가 부족하다. 부족한 2퍼센트나 0.2퍼센트는 신앙이다'는 아마 톨스토이가 진짜 하고 싶은 말일지도 모른다.

『안나 카레니나』를 딱 한 문장으로 요약하면 이렇다. '불륜에 빠져 가정을 버린 귀부인이 사랑이 식자 절망에 빠져 기차에 몸을 던져 생을 마감한다.'

사실 『안나 카레니나』의 주인공은 두 명이다. 안나와 레빈이다. 둘 다 '구원'을 발견한다. 그래서 『안나 카레니나』는 해피엔딩 소설이다. 대조적이면서도 비슷한 '평행 스토리'를 이어가는 두 주인공 안나와 레빈은 작품 속에서 딱 한 번 만난다. 레빈의 아내 키치는 안나 카레니나 올케의 동생이다.

첫번째 주인공 백작부인 안나는 지적이고 아름답고 매력적인 스물여덟 살의 여성이다. 굳이 단점을 꼽는다면 자신의 감정을 술술 표현하지 못한다는 것. 남편은 고관高官인 카레닌 백작이다. 안나보다 20년 연상. 머리 하한선이 날로 북상하고 있는 중년 남성이다. 둘 사이에는 여덟 살짜리 아들 세료자가 있다. 부부는 결

1886년에 출간된 『안나 카레니나』에 실린 엘머 보이드 스미스의 삽화.

─────

『안나 카레니나』는 인간 조건의 모든 것을 포괄적으로 다루는 사실주의 소설로 19세기 말 러시아 상류 사회의 이중성과 위선을 고발한다. 톨스토이는 『안나 카레니나』를 통해 인생의 의미를 물음과 동시에 인생에 궁극적 의미를 부여하는 신앙의 필요성을 전한다.

혼 후 8년간 겉으로는 그럴듯한 결혼생활을 영위하고 있다. 그러나 사랑은 부재 상태다.

안나는 우연히 브론스키라는 청년 장교를 기차역에서 만난다. 서로 첫눈에 반한다. 안나는 처음에 브론스키의 애정 공세를 방어하지만 결국 두 사람은 만리장성을 쌓고 만다. 첫 거사를 치른 후 안나는 죄책감에 휩싸여 흐느껴 운다. 안나는 브론스키에게 이렇게 말한다. "모든 게 끝났다. 내게는 이제 당신밖에 없다. 그렇다는 것을 기억하라." 무서운 말이다.

세상에 샛서방, 즉 "남편이 있는 여자가 남편 몰래 관계하는 남자"는 존재하기 힘들다. 사랑과 가난, 기침은 숨길 수 없기 때문이다. 아내의 불륜을 눈치챈 남편 카레닌은 황당함 속에 결투, 별거, 이혼 중 하나를 선택해야 했다.

일단 이혼 거부를 선택했다. 그는 출세에 미친 사람은 아니었지만 세인의 눈길을 의식했다. 그래서 카레닌은 안나에게 "서방질을 하더라도 사람들 입방아에 오르지 않게 하라"고 경고한다. 또 브론스키와 집에서는 만나지 말라고 한다.

러시아 상류 귀족 사회는 안나와 브론스키가 부적절한 사랑에 빠졌다는 것을 알아채고 이러쿵저러쿵 말이 많았다. 안나는 급기야 임신했고 딸 안나를 낳았다.

『안나 카레니나』는 19세기 말 러시아 상류 사회의 이중성과 위선을 고발하는 소설이기도 하다. 브론스키는 '귀부인을 유혹하는 데 성공했다'고 해서 도리어 또래 젊은이들의 '존경'을 받는다. 위대하기까지 한 용감한 일이라는 것이다. 브론스키의 어머니도 처음에는 아들의 불륜을 용인한다. 아들의 커리어에 도움이 될 수도 있다는 계산 때문이다. 당시 러시아 상류 사회는 불륜이 만연했다. 들키지 않으면 별문제가 안 되었다. 들키면 사회에서 매장되었다. 남성은 아니고 여성만.

온 천하가 다 아는 스캔들에도 불구하고 브론스키는 계속 사교계 모임에 갈 수 있었다. 안나에게 사회는 가혹했다. 그는 사교 생활 자체를 할 수 없었다. 시험 삼아 오페라에 갔지만 그를 본 지인들이 욕을 퍼부었다. 그 자신조차 불륜 경력이 있는 어떤 여자까지도 안나에게 손가락질했다.

사회에서 매장된 안나는 브론스키에게 더욱 집착했다. 브론스키가 바람난 것은 아닌지 상상하고 의심했다. 브론스키에게는 오직 안나뿐이었다. 기본적으로 안나에 대한 브론스키의 사랑은 사랑을 넘어 숭배에 가까웠다. 하지만 안나의 근거 없는 질투는 브론스키를 숨 막히게 만들었다.

절망은 안나를 죽음으로 내몰았다(브론스키의 사랑이 식은 낌새를 눈치채고 절망한 것일까. 어쩌면 안나 자신의 브론스키에 대한 사랑이 시든 것을 자각하고 절망했는지도 모른다).

자살 외에 그에게 다른 구원은 남지 않았다. 열차에 몸을 던지기 직전, 찰나의 순간에 안나는 십자성호를 그으며 진정으로 참회하며 신에게 용서를 빈다. 정교회 교리에 따른다면 안나는 천국에 갔을 것이다. 진정으로 참회하며 신의 용서를 빌었기에.

살아 있을 때 안나는 자신의 그리스도교 신앙과 브론스키 사이에서 브론스키를 선택했다. 불륜의 대가는 지옥벌이었지만 그런데도 사랑을 선택했다.

안나와 카레닌은 이혼 문제를 두고 왔다갔다했다. 이혼에는 안나가 더 적극적이었지만 반대로 카레닌이 더 적극적인 순간 순간도 있었다. 당초 카레닌은 안나와 브론스키가 괘씸하여 이혼을 거부했다가 결국에는 동의했다. 안나는 이혼을 요구했다가 막상 남편이 이혼에 동의하자 주저했다. 이혼하면 아들이 자신을 멀리할 수 있다는 사실이 두려웠기 때문이다.

당시 러시아는 정교회가 큰 영향력을 행사했다. 안나-카레닌 부부가 이혼해도 안나와 브론스키는 정식 부부가 될 수 없었다. 당시 러시아 정교회 교회법에 따르면 이혼해도 아내는 남편이 죽을 때까지 재혼할 수 없었다. 이혼하더라도 안나는 브론스키의 아내가 아니라 정부情婦가 될 수 있을 뿐이었다.

카레닌과 브론스키의 퍼스트네임first name은 모두 '알렉세이'다. 둘의 이름을 같게 설정한 톨스토이의 의도는 뭘까. 두 알렉세이 모두 안나를 만족시키지 못했다. 하지만 두 인물 모두 괜찮은 인간이었다. 카레닌은 안나가 혼외정사로 낳은 딸을 자신의 딸로 받아들인다. 또 카레닌은 브론스키를 용서한다. 그러고 나서 카레닌은 깊은 영적 평화를 얻는다.

용서받은 브론스키는 수치심을 느끼고 권총으로 자살을 기도한다. 총알이 심장을 비껴가 살아남는다. 브론스키는 출세를 포기하고 안나를 택한다. 어려운 일이다.

브론스키는 자선사업에도 열심이다. 농민을 위한 병원을 건립한다. 안나가 허망하게 세상을 떠난 후 브론스키는 자비로 의용군을 모집하고 전쟁터로 떠난다. 죽기 위해서다. 러시아인과 같은 슬라브족인 세르비아를 오스만 터키로부터 해방시키기 위한 전쟁이다.

『안나 카레니나』는 악인이 나오지 않는 소설이다. 톨스토이의 인간관을 반영하는 등장인물은 그저 크고 작은 인간적인 결함만 있을 뿐이다. 또 주인공들은 모두 종교적이다. 신이 있다면 그는 불륜마저도 자신의 구원사업에 이용하는 것일까.

예컨대 아내의 불륜은 카레닌을 신앙에 몰두하게 만들었다. 안나를 만나기 전 브론스키는 실없는 바람둥이였다. 재미 삼아 아무 여자나 보면 집적대고 껄떡거리는 그가 사랑을 위해 모든 것을 포기할 수 있는 사람이 되었다. 안나를 통해 '사랑이라는 종교'에 귀의한 것이다.

두번째 주인공, 어쩌면 『안나 카레니나』의 진정한 주인공인 레빈은 농장주다. 서른두 살. 그에게는 어린이 같은 순수함이 있다. 결국 아내가 된 열여덟 살 키티에게 청혼하지만 한 번 거절당한다(레빈은 거절당하자 농민 여성과 결혼할 생각도 한 기이한 사람이다). 키티는 브론스키를 더 좋아했기 때문. 이런 과거사 때문에 레빈은 키티가 자신을 진정으로 사랑하는지, 아니면 그저 결혼 상대가 필요했는지 의심한 적도 있다.

레빈과 키티는 신혼 3개월 동안 사랑싸움을 한다. 아주 사소한 일로 싸운다. 결혼 전 레빈은 사소한 일로 싸우는 부부들을 비웃었으나 막상 자신이 그렇게 되니 한편으로는 황당하다. 결혼 생활은 레빈이 기대했던 것과 다르다. 레빈과 키티 부부는 결혼 속 현실적 사랑은 소박하고 평범하며 따분할 수도 있음을 함께 배운다.

레빈은 신을 믿고 싶어했다. 하지만 의혹이 많았다. 불가지론자였던 그는 결국 자신의 어릴 적 그리스도교 신앙으로 회심했다. 한 농부와 긴 대화를 나눈 것이 결정적이었다. 아내의 22시간 난산도 회심에 한몫했다. 레빈은 아주 오랜만에 기도했다.

레빈은 회심으로 구원을 얻었으나 자신이 온전히 의롭게 되지 않았다는 데 대해 실망한다. 그는 구원받은 후에도 인간은 잘못을 저지르기 마련임을 깨닫는다. 또 신앙은 '신과 나 사이'의 사적인 문제이기에 타인의 신앙에 대해서는 간섭할 권리가 없다는 것을 깨닫는다.

레빈은 톨스토이의 분신이다. 톨스토이의 아내 소피아는 『안나 카레니나』를 읽고 "재능만 빼고는 레빈은 당신"이라고 말했다. 레빈과 마찬가지로 톨스토이는 1862년 열여덟 살의 소피아와 결혼했다.

레빈은 자신의 과거가 담긴 일기장을 키티에게 보여준다. 부부 사이에는 숨기는 것이 없어야 한다는 생각 때문에. 일기장 공개는 톨스토이가 아내에게 한 짓이었다.

『안나 카레니나』를 읽으며 유념할 부분 중 하나는 자식 문제다. 사랑에 눈이 멀면 자식은 눈에 보이지 않는다. 잊어버린다. 사랑 때문에, 미움 때문에 자식은 멀게 느껴지기도 한다.『안나 카레니나』의 주인공들은 결국 자식에 대한 사랑을 복원한다.

톨스토이는 아홉 살에 고아가 되었다. 어머니는 그가 두 살 때 세상을 떠났다. 아버지는 1837년 여행 중에 살해당했다. 카잔대학에 재수로 입학했지만 대학생활에 적응하지 못하고 중퇴했다. 1862년 서른네 살 때 톨스토이는 열여덟 살 소피아와 결혼했다. 자식은 14명이었다.

톨스토이는 제도화된 정교회에 비판적이었다. 그가 생각한 그리스도교는 두마디로 요약된다. '모든 인간을 사랑하라.' '악의 세력에 저항하라.' 톨스토이는 여든두 살에 가출했다. 자신이 표방한 것과 자신이 실천하고 있는 것 사이의 간극을 메울 방도가 없었기 때문이다. 끝날 기미가 보이지 않는 부부싸움에도 지쳤다. 톨스토이도 역에서 생을 마감했다.

『안나 카레니나』의 에피그래프epigraph(책의 첫머리에 그 책과 관계되는 노래나 시 따위를 적은 글)는 "원수 갚는 것은 내가 할 일이니 내가 갚아주겠다"이다. 『로마서』 12장 19절에 나오는 말이다.

톨스토이가 이 구절을 『안나 카레니나』의 에피그래프로 삼은 이유는 뭘까. 만약 신이 있다면…… 창조주인 신이나 피조물인 사람이나 모두 사랑과 용서를 해야 하지만 보복은 오로지 신의 영역이라는 뜻이 아닐까.

톨스토이 일생

1828년	러시아 술라 야스나야폴라냐에서 출생
1830년	어머니 사망
1837년	아버지 사망
1844년	카잔대학 입학
1847년	대학 자퇴 후 귀향
1862년	소피아와 결혼
1899년	종교적 전향
1910년	가출 후 야스타포보 역에서 사망

13

Pride and Prejudice

13

제인 오스틴의
『오만과 편견』

사람은 겉만 보아서는 모른다.
첫인상이 틀리기도 한다.

불행한 결혼이냐, 아니면 행복한 독신이냐. 둘 중 하나의 선택을
강요하는 것은 잘못된 흑백논리다. 사랑이 있는 행복한 결혼이
나 불행한 독신도 있다. 『오만과 편견Pride and Prejudice』은 독신자
가 쓴 사랑과 결혼 이야기다.

  어떤 글의 '리드lead', 즉 도입부는 독자가 그 글을 계속 읽어나
갈지, 말지를 정하는 데 결정적 역할을 한다(물론 글쟁이는 독자
를 사로잡기 위해 글 전체의 한 문장 한 문장, 한 단락 한 단락을 마치
리드처럼 공들여 쓴다). 신문기사건 소설이건 에세이건 서평이건
모두 마찬가지다. 리드가 결정적이다. 『뉴욕타임스』『이코노미

스트』등 세계 유명 매체들의 제작 매뉴얼은 하나같이 리드의 중요성을 강조하고 또 강조한다.

"어떤 글의 리드, 즉 도입부는 독자가 글을 계속 읽어나갈지, 말지를 정하는 데 결정적"이라는 이 글의 리드를 읽고 뭔가 마음에 들지 않거나 불편하거나 따분하다는 생각이 들어 읽기를 멈추는 독자도 있으리라.

세계문학사에서 가장 힘찬 리드 중 하나인 『안나 카레니나』의 "모든 행복한 가정은 대동소이하다. 모든 불행한 가정은 각양각색의 방식으로 불행하다"만큼 유명한 리드는, 아니 어쩌면 더 유명한 리드는 제인 오스틴의 『오만과 편견』에 등장하는 다음 첫 문장일 것이다.

상당한 재력가인 미혼 남자는, 반드시 아내가 필요하다는 것이 보편적으로 인정되는 진리다.

왜 세계의 독자들은 이 첫 문장, 또는 소설 전체에 매료된 것일까. 짧고 쉬운 대답은 '사랑과 결혼에 미치는 계급과 신분 차이라는 핵심 문제를 재미있게 건드렸기 때문'일 것이다. 『오만과 편견』은 19세기 초반 버전의 신데렐라 이야기다. 21세기 초반 독자는 어떻게 반응할 것인가.

첫 문장에 담긴 주장은 적어도 『오만과 편견』의 여주인공의 엄마 베넷 부인에게는 보편적 진리다. 베넷 부인에게 진리를 구현할 기회가 왔다. 작품의 무대는 런던에서 약 80킬로미터 떨어진 곳. 찰스 빙리라는 돈 많은 미혼 남자가 인근으로 이사를 왔다. 게다가 빙리보다 두 배 정도 재산이 많은 피츠윌리엄 다시가 빙리의 친구다. 빙리는 상업으로 돈을 번 신흥부자 가문 출신.

다시 집안은 정복왕 윌리엄 시대로 거슬러 올라간다. 다시는 창문이 1000개나 되는 집에서 산다. 다시의 연간 수입은 오늘날 가치로 1850만 달러에 해당한다는 추산도 있다. 잘하면 최소한 딸 두 명의 배필을 구할 인생일대의 기회가 베넷 부인에게 온 것이다.

상당히 섹시한 중년 부인인 베넷은 딸 다섯의 엄마다. 제인, 엘리자베스, 메리, 캐서린, 리디아다. 아들은 없다. 그래서 당시 영국법과 관습에 따라 재산은 남자 친척에게 상속된다. 남편이 죽으면, 잘못하면 자신과 딸들은 알거지 신세.

옛 속담에 "내 딸이 고와야 사위를 고른다"고 했다. 베넷의 딸 다섯은 모두 개성 있고 매력적이다. 그런데 인품은 훌륭하지만 좀 냉소적인 기질이 있는 남편은 아내의 애타는 노력에 '나 몰라라' 한다. 딸들의 결혼을 위해 아내가 워낙 열심이라 남편은 끼어들 틈이 없다고 해석할 수도 있다.

기회가 있을 때마다 이 태평한 남편은 아내를 놀린다. 어쩌면 그것이 그의 최고의 낙. 엄마 베넷이 조금 무식하고 경박한 것은 사실일지 모른다. 또 베넷의 열성은 종종 역효과를 낳는다. 하지만 딸들의 행복을 바라는 이 엄마의 바람에 누가 돌을 던지랴. 어쩌면 이 엄마는 세계문학사에서 가장 저평가된 인물일 것이다.

엄마는 이 소설 속에서 딸 다섯 중 세 명을 좋은 데로 시집보낸다. 나머지 두 명도 좋은 신랑을 얻는다는 후문. 가상의 인물이지만 이 엄마는 자신의 꿈을 이루었다. 유식하건 무식하건 일단 꿈이 있는 것이 장땡이다.

『오만과 편견』은 전 세계에서 최소 2000만 부가 팔린 책이다. 『오만과 편견』은 단순한 문학 작품이 아니라 일종의 '산업'이라는 주장도 있다. 저작권이 없기 때문에 끊임없이 영화, 드라마 등으로 리메이크되기 때문이다. 로맨틱 코미디의 먼 조상이라는 평가도 받는다. 결혼은 두 사람이 아니라 두 가문이 하는 것임을 일깨워주는 '가족소설'이기도 하다.

원제 『Pride and Prejudice』를 우리말로 옮기는 것은 결코 간단하지 않은 문제다. 제목과 제목의 번역 문제를 조금 따질 필요가 있다. 제목에 담긴 어떤 핵심을 이해해야 소설 전체를 술술 읽을 수 있기 때문이다.

프라이드$_{pride}$는 엄연히 『표준국어대사전』에도 실려 있는 외래어다. 외래어도 일단 국어사전에 등재되면 우리말이다. 『표준국어대사전』은 프라이드를 이렇게 정의한다. "자신의 존재 가치, 소유물, 행위에 대한 만족에서 오는 자존심."

샬럿 콜린스의 집에 있는 다시와 엘리자베스를 그린 휴 톰슨의 삽화, 1894년.

『오만과 편견』은 오해와 편견에서 자유롭지 못한 남녀가 사랑으로 극복해나가는 과정을 그린 소설로 당시 영국의 결혼 풍속도를 보여준다. 오늘날의 결혼 풍속도와는 다르지만 시대와 장소를 뛰어넘는 공감을 선사하며 영화, 드라마 등으로 리메이크되고 있다.

우리말에서 프라이드는 자존심, 자존감, 긍지 등 대체적으로 긍정적 의미를 내포한다. 하지만 영어에서는 이에 더해 자만심, 우월감, 오만을 뜻한다. 오만傲慢은 "태도나 행동이 건방지거나 거만함. 또는 그 태도나 행동"을 말한다.

『Pride and Prejudice』의 Pride에는 이중의 의미가 담겼다고 할 수 있다. 자존심, 자존감, 긍지로서의 프라이드가 지나치면 자만심, 우월감, 오만이 된다. 과유불급인 것이다. 또 '내로남불(내가 하면 로맨스, 남이 하면 불륜)'일 수도 있다. 내 프라이드를 다른 사람은 오만이라고 받아들일 수 있다.

제목이 『Pride and Prejudice』이니 남성 주인공을 'pride(프라이드, 오만)', 여성 주인공을 'prejudice(프레주디스, 편견)'를 상징하는 인물로 해석하는 견해가 있다. 적어도 겉으로는 조금 오만한 한 남자를, 자신은 사람을 잘 파악한다고 자부하는 편견에 사로잡힌 한 여자가 만나, 각기 오만과 편견을 극복하고 결혼하여 '그들은 그뒤 쭉 행복하게 살았다'의 시작으로 끝난다는 투의 해석이다.

조금 치우친 해석이다. 달리 볼 수도 있다. 반대로 여성 주인공이 오만, 남성 주인공이 편견을 상징한다고 볼 수도 있다. 또 둘다 각기 오만과 편견으로부터 모두 자유롭지 못했으나 사랑으로 오만과 편견을 극복했다는 해석이 가능하다.

스물여덟 살인 남성 주인공 다시는 어마어마한 부자다. 당시 영국 사회에 등장한 신흥 부자가 아니라 뼈대 있는 명문대가, 귀족이다. 당시 귀족들은 먹고 마시고 즐기는 것이 직업이었다. 다시 같은 남자와 결혼하는 것은 평생 물질적 고민에서 해방되는 '대박'이었다.

스무 살인 여성 주인공 엘리자베스는 평범한 시골 지주(젠트리), 요즘으로 말하면 중산층 가정에서 태어났다. 귀족도 중산층도 나름 프라이드가 있다. 또 서로에 대한 편견도 있다. 둘은 처음 춤추는 자리에서 만난다. 다시는 엘리자베스와 춤추기를 거부한다. 엘리자베스는 모욕감을 느낀다. 다시는 엘리자베스의 생김새가 별로라고 생각한 듯하다.

아니면 이마저도 다시의 고급 전략이었을 수도 있다. 다시는 마치 초등학생처럼 관심 있는 여학생에게 일부러 못되게 굴었는지도 모른다. 판단은 독자의 몫. 어쩌면 속마음과는 다른 말과 행동으로 다시는 엘리자베스의 이목을 끄는 데 일단 성공했다.

보통은 남자가 사랑에 빨리 빠지고 여성은 천천히 빠진다고 한다. 그런데 『오만과 편견』의 두 주인공은 둘 다 천천히 사랑에 빠진다.

다시의 이런 오만한 태도에 엘리자베스는 그에 대해 편견을 갖게 된다. '귀족 놈들은 다 이래'라는 식으로 느꼈을 수도. 한마디로 남주인공에 대한 여주인공의 첫인상은 '밥맛', 엘리자베스에 대한 다시의 첫인상은 '괜찮지만 아름답지는 않다'였다. 호감과는 거리가 먼 첫 만남은 과연 어떻게 사랑과 결혼으로 골인할 것인가.

첫눈에 반하는 사랑도 있지만 『오만과 편견』에 나오는 사랑은 서서히 타오르는 사랑이다. 두 주인공은 옥신각신하다가 사랑에 빠진다. 신데렐라의 리메이크라고도 할 수 있는 『오만과 편견』에서 공주님과 왕자님의 러브스토리는 일사천리가 아니다('첫눈 사랑'과 '서서히 사랑' 중 어느 쪽이 더 많은지는 알 수 없다. 온갖 시시콜콜한 문제를 다루는 미국이나 유럽 학계에서 결정타를 날리는 학술 논문이 이미 나왔을 수도 있다).

특히 다시는 자신도 모르는 사이에 엘리자베스의 매력과 지성에 빠져든다. 엘리자베스의 고단수, 고품격 꼬리치기 작전에 다시가 걸려든 것일 수도 있다. 역시 판단은 독자의 몫. 엘리자베스는 독서를 통해 아는 것이 많았다.

엘리자베스, 다시와 달리 언니인 제인과 빙리는 첫눈에 서로 호감을 느낀다. 언니 제인은 인근에서 가장 아름다운 여성이다. 베넷 부인의 막내 딸 리디아가 조지 위컴이라는 장교와 '눈이 맞아 함께 달아나는' 대형 사고를 친다. 열다섯 살에 불과한 리디아가 겉만 번지르르한 남자의 꼬임에 빠진 것. 당시 혼전관계는 어마어마한 스캔들이다. 본인뿐 아니라 나머지 딸도 결혼하기 힘들어지는 곤란한 상황이다. 게다가 그 나쁜 남자는 막내딸과 결혼할 생각이 없다.

사랑에 눈이 먼 다시는 둘이 결혼하는 조건으로 그 나쁜 남자의 도박 빚을 갚아준다. 다시는 엘리자베스에게 두 번 청혼한다. 첫번째는 '감히 네가 내 청혼을 거절하지 않겠지'라는 오만한 태도로 청혼했다가 퇴짜를 맞는다. 두번째는 성공. 남자는 겸손해졌고 여자는 편견을 버렸기 때문이다. 사랑은 사람을 바꾼다. 겸손하게 만든다. 사랑은 일차적으로는 감정이지만 사람을 보다 이성적으로 만들어 편견과 오해를 풀게 만들기도 한다.

　하지만『오만과 편견』에서 사랑으로 말미암아 진정으로 바뀌는 사람은 남녀 주인공 둘뿐이다. 저자 제인 오스틴은 사람이 쉽게 바뀌지 않는다는 것을 인지한 현실주의자였다.

　제인 오스틴은 셰익스피어, 찰스 디킨스와 더불어 영국이 낳은 3대 작가다. 성공회 사제의 딸로 6남 2녀 중 일곱째로 태어났고 1817년 마흔한 살에 에디슨병으로 세상을 떠났다. 런던에 있는 윈체스터 대성당에 묻혔다.『오만과 편견』은 스물한 살인 1796년부터 쓰기 시작하여 1797년에 초고를 완성한 소설이다. 출판사가 원고를 읽어보지도 않고 출간을 거절했다고 한다.

　1813년 서른여덟 살 때 익명으로『오만과 편견』을 출간했다. 당시 사회 분위기는 여성 소설가를 인정하지 않았다. 16세기에서 18세기 유럽을 휩쓴 계몽주의가 중시한 '인간'은 일차적으로 '남자'였다.

　제인 오스틴은 결혼하지 않았다. 결혼할 뻔한 적도 있었다.

1802년 청혼을 받아들였다가 그 다음날 마음이 바뀌어 거절했다. 어쩌면 제인은 결혼의 행복보다는 불멸의 작품을 남기기로 무의식적으로나마 결정했는지도 모른다.

『오만과 편견』의 교훈은 무엇일까? 아마도 '사람은 겉만 보아서는 모른다'는 것이 반드시 포함되어야 할 듯하다.『오만과 편견』의 원제목은 '첫인상First Impressions'이었다. 첫인상은 맞는 경우도 있고 틀리는 경우도 있다.

『오만과 편견』에서도 '의사소통의 실패'가 큰 문제다. 사랑에 성공하려면 자신의 의사를 잘 전달하는 법을 익혀야 한다. 엘리자베스의 언니 제인은 성격이 내성적이라 사랑을 잘 표현하지 못해 하마터면 빙리와 헤어질 뻔했다.

두 주인공은 대조적이지만 한 가지 공통적인 생각이 있다. '결혼은 서로 사랑하는 사람이 하는 것'이라는 신념이다. 성격이나 신분이 대조적인 커플도 이 한 가지는 공유해야 하는 법이다.

『오만과 편견』은 당시 영국의 결혼 풍속도를 고스란히 담았다. 우리 전통 문화와 마찬가지로 매파媒婆 역할을 하는 사람도 있었다. 일정한 절차를 따랐다. 또 계급과 신분이 중시되었다. 언제부터인가 우리나라에서 중시되는 프러포즈 문화가 당시 영국에도 있었다.『오만과 편견』은 조선이나 대한민국의 사랑, 결혼 풍속도와 여러 면에서 다르다. 오늘날 영국의 풍속과도 다르다. 하지만『오만과 편견』은 시대와 장소를 뛰어넘는 공감을 선사한다.

제인 오스틴은 보수당인 토리당의 지지자였던 것으로 알려졌다. 그래서인지 『오만과 편견』 등 그의 작품은 당시 부조리를 은근히 비꼬았지만 신랄하지는 않다.

'오만과 편견'은 사랑에만 장애물이 되는 것이 아니다. 학벌이나 지연, 남녀 차이에 대한 오만과 편견은 우리에게서 수많은 기회를 빼앗는다. '오만과 편견'은 국제관계나 다른 나라 문화를 바라볼 때 부정적으로 작용할 수 있다. 남북 통일과정에서도 '오만과 편견'은 뛰어넘어야 할 장벽이 아닐까.

제인 오스틴 일생

1775년	잉글랜드 햄프셔 스니븐틴에서 출생
1776~1797년	『오만과 편견』 초고 완성
1802년	해리스 빅 위더의 청혼을 받아들였으나 다음날 마음을 바꿈
1813년	『오만과 편견』 출간
1817년	에디슨병으로 햄프셔 윈체스터에서 사망, 윈체스터 대성당에 묻힘

14

Nesnesitelná lehkost bytí

밀란 쿤데라의
『참을 수 없는 존재의 가벼움』

"작가가 된다는 것은
진리를 발견하는 것"

삶이 유한하기에 사랑도 유한한 것일까. 그래서 사랑에도 시효가 있는 것일까. 시효를 이겨내지 못하는 사랑은 애초에 사랑이라고 부를 수 없는 것일까. 아니면 삶이 유한하기에 사랑은 반드시 영원해야 하는 것일까.

『참을 수 없는 존재의 가벼움Nesnesitelná lehkost bytí』은 내용이 다분히 철학적이라 머리가 지근지근 아플 수도 있는 소설이다. 물론 철학적이라 좋아하는 독자도 많다. 또한 상당히 '야한' 소설이기도 하다. 머리에 묻히고 온 다른 여인의 체취 때문에 바람피운 것을 아내에게 걸리기도 하고, 내 아내와 정부情夫가 우정을 쌓고 둘이 서로의 누드 사진을 찍는 막장 드라마이기도 하다. 맞바람 이야기도 나온다. '프라하의 봄'이 배경이다.

'인간적인 얼굴의 사회주의Socialism with a human face'를 시도한 체코슬로바키아의 '프라하의 봄'(1968)은 '서울의 봄'(1979~1980)과 '아랍의 봄'(2010)의 대선배다(소련이 '프라하의 봄'이라는 정치 실험을 용인했다면 소련과 동구권은 망하지 않았을 수도 있지 않을까). 이 세 '봄'은 모두 독재와 권위주의의 종식을 꿈꾸었다. 두 봄은 결국 성공했고 한 봄은 현재 진행 중인 숙제로 남았다.

독재의 질곡과 민주화의 격랑 속에서도 사람들은 사랑을 하고 섹스를 한다. 아니 반대로 사람들은 사랑의 질곡과 섹스의 격랑 속에서도 정치나 권력과 대면한다고 표현하는 것이 적절할지도 모르겠다.

어쨌든 그 누구도 사랑과 정치는 피할 수 없다. 사랑은 비정치적인 것 중에서 가장 정치적인 것이다. 정치와 사랑의 공통분모는 독점과 희열, 불안이다. 정치는 권력을 독점하려 한다. 정치인들은 권력의 희열을 맛본다. 하지만 그들은 항상 불안하다.

사랑도 마찬가지다. 사랑의 대상을 독점하려는 욕구가 있다. 사랑에는 희열이 있기에 그 희열을 누군가에게 빼앗기지 않을까 두려워한다(어쩌면 종교를 포함시켜야 독점, 희열, 불안이라는 정치, 사랑, 종교 트로이카가 완성된다).

독재, 민주화, 사랑, 섹스는 우리에게 '순응과 저항' '참여와 외

『참을 수 없는 존재의 가벼움』 프랑스어판 초판 표지, 1984년.

———

'프라하의 봄'이 배경인 『참을 수 없는 존재의 가벼움』은 삶과 사랑의 경중 문제를 본격적으로 다룬 대표적 소설이다. 쿤데라는 이 책을 통해 양극의 동질성, 즉 가벼움과 무거움이 같음을 말한다.

면' 중 하나를 선택하라고 요구한다. 꼭 한 가지를 선택할 이유는 없다. 상당수 양자택일과 이분법은 논리적 근거가 없는 함정인 경우가 많다.

한 가지를 선택하는 것보다는 워라밸work-life balance처럼 어떤 균형이 필요한 경우도 있으리라. 그때그때 경중을 잘 가리는 것이 균형의 미학이다.

경중은 "가벼움과 무거움" 또는 "중요함과 중요하지 않음"이다. 사랑이나 인생에서는 무엇이 경중일까. 사실 소설 대부분이 이 문제를 다룬다. 1929년에 태어난 밀란 쿤데라의 『참을 수 없는 존재의 가벼움』(1984)은 삶과 사랑의 경중 문제를 본격적으로 다룬 대표적인 소설이다.

대체로 무거울 중重에는 소중所重, 귀중貴重, 진중鎭重, 신중愼重 등 긍정적인 뜻이, 가벼울 경輕에는 경박輕薄, 경솔輕率, 경멸輕蔑처럼 부정적인 뜻이 담겨 있다. 단, 중요한 예외가 하나 있다. "움직임이나 모습, 기분 따위가 가볍고 상쾌하다"는 뜻의 '경쾌輕快하다'는 가벼움이 반드시 나쁜 것은 아님을 상기시켜준다.

불교는 윤회와 윤회를 넘어서는 해탈을 말한다. 그리스도교는 (영생의 장소가 천국이건 지옥이건) 영생을 말한다. 불교나 그리스도교의 주장이 맞는다면 인생의 본질과 단위가 달라진다. 60 평생이건 120 평생이건 단 한 번 사는 인생이 아니라 영원히 살아야 하는 것이 인생이라면 그 영원 속에서 사랑의 의미는 뭘까.

'나는 당신을 영원히 사랑하겠습니다'라는 사랑 고백이나 다짐은 120년 살 때와 영원히 살 때의 느낌과는 사뭇 다를 것이다.

『참을 수 없는 존재의 가벼움』은 니체의 영겁회귀eternal recurrence에 대한 성찰로 시작한다. 영겁회귀는 윤회나 영생에 대한 대안적인 세계관·인생관이다. 영겁회귀란 무엇일까.『표준국어대사전』은 영겁회귀를 다음과 같이 정의한다. "니체가 그의 저서『자라투스트라는 이렇게 말했다』에서 내세운 근본 사상. 영원한 시간은 원형圓形을 이루고, 그 원형 안에서 우주와 인생은 영원히 되풀이된다는 사상이다."

니체에 따르면 영겁회귀의 결과는 인간에게 '가장 무거운 짐'이다. 영겁회귀 속 인간에게는 인생의 모든 것이 무겁다. 반면 인생이 한 번뿐이라면 인생이나 사랑을 포함하여 모든 것이 가볍다.

쿤데라가 이 작품에서 인용하는 "한 번 일어난 것은 한 번도 일어나지 않은 것과 같다Einmal ist keinmal"에 따른다면 한 번 사는 것은 아예 태어나지 않은 것과 같다. 한 번 사는 인생은 가볍다. 아니 무게가 아예 없다. 쿤데라는 니체에 이어 기원전 6세기 그리스 철학자 파르메니데스를 등장시킨다. 파르메니데스는 가벼움을 긍정적인 것, 무거움을 부정적인 것으로 보았다.

상당수 사람은 '싸잡아("한꺼번에 어떤 범위 속에 포함되게 하다")' 말하기를 즐긴다. 예컨대 온 인류에게 인생이나 사랑이 가볍거나 무거워야 되는 것처럼 생각한다. 하지만 사람마다 다르다. 어떤 이에게는 사랑이 가볍다. 다른 이에게는 사랑이 무겁다.

불륜은 중죄다. 세속법의 처벌 대상이 아니더라도 말이다. 가톨릭이나 불교에서 간통은 지옥으로 가는 중죄다. 우리말이 불륜과 간통을 '바람피움'이라는 완곡어법으로 표현하는 이유는 뭘까. 아마도 바람에는 무게가 없기 때문이다. 바람에는 가벼운 것, 중요하지 않은 것이라는 메시지가 담겨 있다.

1984년에 나왔지만 이 소설은 지금도 우리나라에서 종합 베스트 100위, 소설 베스트 10위권이다. 웬만한 베스트셀러를 능가하는 스테디셀러다.

비결이 뭘까. 아마도 읽기 좋게 만든 '비빔밥' 소설이기 때문인 것 같다. 상당수 소설은 '비빔밥'이다. 한 주제만을 다루는 소설이 오히려 소수다. 『참을 수 없는 존재의 가벼움』은 사랑, 섹스, 정치, 철학을 잘 버무린 역작이다.

정치나 철학 주제도 나오지만 『참을 수 없는 존재의 가벼움』은 기본적으로 네 주인공이 엮어가는 러브스토리다. 토마시와 사비나는 가벼움, 테레자와 프란츠는 무거움을 대표한다.

토마시. 솜씨 좋은 외과의사다. 원하면 가고 싶은 병원으로 갈 수 있는 실력을 갖추었다. 심각한 바람둥이다. 아들을 하나 낳고 2년 만에 이혼했다. '돌싱' 생활을 만끽했다. 가볍게 이 여자 저 여자를 만났다. 그는 여자와 '섹스하는 것'과 '함께 자는 것'을 엄격히 구분했다. 여자를 집에 재우지 않았다. 그에게 함께 자는 것은 그가 결코 원하지 않는, 헌신을 요구하는 사랑을 의미했다. 코 꿰어 구속당하지 않기 위해 그가 만든 '꼼수' 원칙 중 하나였다(사랑과 섹스를 분리할 수 없고 사랑이 독점적 헌신을 요구하는 것이라면 애초에 토마시의 원칙은 잘못된 것이었다).

토마시가 표방하는 '성적 우정erotic friendship'은 순항했다. 테레자를 만나기 전까지는. 테레자를 만난 후에는 사랑이 "그렇게 되어야 한다Es muss sein"의 문제로 바뀌었다. 토마시도 테레자라는 사랑의 강적에게 저항을 시도했다. 결국 순응했다.

테레자. 바텐더 출신 사진작가. 토마시의 아내다. 집안 사정으로 고등학교를 중퇴했다. 똑똑하다. 독서광이다. 작은 시골 마을에서 바텐더로 일할 때 토마시를 만났다. 토마시를 찾아 무작정 프라하로 상경했다. 사이가 나쁜 엄마로부터 탈출하는 것도 상경의 한 이유였다. 운명의 명령 때문인지 토마시는 그만의 플레이보이 철칙을 깼다. 테레자를 집에 재웠다. 테레자는 토마시의 손을 꼭 잡고 잠을 잤다.

테레자와 토마시는 결혼한다. 토마시는 오로지 테레자만 사랑하지만 토마시의 육체 애정 행각은 결혼 전과 마찬가지로 결혼 후에도 계속된다. '아내만을 사랑하는 것과 혼외정사가 양립할 수 있는가'에 대해 토마시가 내놓는 답은 '그렇다'이다.

테레자에게 육체는 역겹고 부끄러운 것이다. 그럼에도 불구하고 테레자는 토마시에게 자신의 몸과 마음, 모든 것을 아낌없이 주려 한다. 테레자는 한눈파는 토마시 때문에 악몽에 시달리고 자살까지 생각한다.

부부는 1968년 8월 21일 소련군 침공 이후 스위스 취리히로 피신한다. 7, 8개월 살다가 테레자는 귀국한다. 남을 것인가, 귀환할 것인가. 토마시도 난봉꾼의 자유를 버리고 귀국한다. 반체제 운동권은 그에게 민주화운동에 참여하라고 설득을 시도한다. 토마시는 거부한다. 하지만 토마시는 반체제 인사라는 낙인 때문에 더이상 의사로 일할 수 없게 된다. 토마시는 창문 청소부로 일한다. 그 와중에도 토마시의 애정 행각은 계속된다. 토마시의 경우 다정 多情은 "병인 양한 것"이 아니라 병이다.

부부는 결국 정부의 감시를 피해 시골로 이주한다. 그는 집단 농장에서 트럭 운전기사로 일한다. 바람둥이 생활이 불가능한 환경이라서 그랬을까. 부부는 진실로 사랑하고 진실로 행복하다. 하지만 부부는 어느 날 밤 불의의 교통사고로 즉사한다.

사비나. 토마시의 불륜 상대이자 가장 가까운 친구. 화가다. 토마시의 짝으로 테레자보다는 사비나가 더 적합했을지도 모른다. 하지만 둘이 결혼할 가능성은 애초에 없었다. 사비나도 '성적 우정'을 추구했기 때문이다.

테레자와 달리 사비나는 헌신을 거부한다. 사비나는 밥 먹듯이 배신한다. 하지만 테레자와는 사이가 참 좋다. 사비나는 테레자에게 일자리를 소개한다. 테레자는 기회를 잡고 포토저널리스트로 발돋움한다.

프란츠. 한 스위스 대학의 교수. 아내가 자신을 너무나 사랑하기에 어쩔 수 없이 결혼했다. 사랑 없는 결혼생활을 하다 사비나의 연인이 되었다. 프란츠는 자신의 불륜 사실을 아내에게 알린다. 아내는 그를 집에서 내쫓지만 이혼은 거부한다. 사비나는 프란츠를 외면하고 떠난다. 격렬한 육체적 사랑에 탐닉하는 사비나가 보기에 프란츠는 너무 따분하다.

프란츠는 다른 세 명의 주인공과 마찬가지로 사랑에 서툴다. 그는 여성을, 특히 사비나를 이해하지 못한다. 그가 사랑하는 것은 사비나라기보다는 '사비나의 이미지'다.

프란츠는 이상주의자다. 캄보디아 크메르루주의 인권 유린에 대한 항의에 참여하기 위해 태국에 갔다가 살인강도를 만나 허무하게 죽는다. 프란츠의 아내는 남편의 비석에 "오랜 방황 끝의 귀환"이라고 적는다.

토마시의 묘비명은 "그는 땅 위의 하느님의 나라를 바랐다"이다. 신심이 깊은 가톨릭 신자인 아들이 정한 묘비명이다. 프란츠나 토마시의 경우처럼 우리 인생의 요약은 우리 뜻과 거리가 있을 수 있다.

저자인 쿤데라는 영원한 노벨문학상 후보다. 딱히 지적할 만한 이유 없이 노벨상을 받지 못하고 있다. 아버지는 저명한 피아니스트이자 음악학자였다. 쿤데라는 프라하에 있는 음악·드라마 예술아카데미를 졸업하고 그곳에서 교수생활을 했다.

쿤데라는 공산당원(1948~1950, 1956~1970)이었다. 해당害黨 활동을 이유로 1950년과 1970년에 추방되었다. 반혁명분자로 낙인찍혔다. 그는 체코슬로바키아 자유화운동(1967~1968)에 가담했다. 1967년 체코슬로바키아작가회의에서 그는 예술과 문화의 자유를 촉구했다.

1968년 소련군 침공 이후 쿤데라의 모든 작품은 금서가 되었다.『참을 수 없는 존재의 가벼움』은 영문판과 불문판(1984)이 먼저 나왔다. 1989년까지 체코슬로바키아에서 금서였다. 1975년 망명이 허용되어 프랑스로 이주했다.

1979년 체코슬로바키아 정부는 그의 시민권을 박탈했다. 귀환한 토마시와 달리 체코슬로바키아의 민주화 이후에도 쿤데라는 귀국하지 않았다. 1981년에는 프랑스 시민권을 받았다. 1990년대 초부터 체코어가 아니라 프랑스어로 작품 활동을 했다.

『참을 수 없는 존재의 가벼움』은 '예외적으로' 다수의 비평가와 독자가 모두 좋아한 소설이다. 이 책의 전성기는 1980년대였다. 젊은이들은 이 책을 배낭에 넣고 프라하로 '성지순례'를 떠났다. 1990년대에는 중국에서 쿤데라 열풍이 불었다.

1988년에는 필립 코프먼 감독이『참을 수 없는 존재의 가벼움』을 영화로 만들었다. 쿤데라는 이 영화를 별로 좋아하지 않았다. 자신의 소설과 거리가 있다고 보았다. 이후 그는 자신의 소설을 영화화하는 것을 거부했다.

『참을 수 없는 존재의 가벼움』의 테마 중 하나는 반대되는 것이 근본적으로 같다는 것이다. 그렇게 보면 가벼움과 무거움은 본질적으로 같다. 쿤데라는 "작가가 된다는 것은 진리를 전파하는 것이 아니라 진리를 발견하는 것이다"라고 말했다. 어쩌면 쿤데라가 발견한 진리는 양극의 동질성이다. 같은 맥락에서 쿤데라는 좌파도, 우파도 아니다. 그는 전체주의가 진짜 위협이라고 생각한다. 그는 전체주의가 좌파도, 우파도 아니며 전체주의가 좌우파 모두를 위협한다고 생각한다.

이 책에서 쿤데라가 열심히 설명하는 개념 중 하나는 키치Kitsch(비전문적이고 대체로 저속하며 대중적인 것, 혹은 그런 행위를 두루 가리켜 이르는 말)다. 특히 B급 예술을 뜻한다. 하지만 쿤데라는 키치를 긍정적으로 본다. 복잡한 것을 단순하게 표현하는 키치를 대중이 공유하며 키치가 대중의 감정적 반응을 이끌어내기 때문이다(어쩌면 21세기 한국은 새로운 '사랑과 결혼을 위한 키치'가 필요할지도 모르겠다).

그런데 쿤데라는 왜 '참을 수 없는 존재의 무거움'이나 '행복한 존재의 가벼움'이나 '참을 만한 존재의 가벼움'을 소설 제목으로 삼지 않았을까.

쿤데라 일생

1929년	체코 브루노에서 출생
1948년	공산당 입당
1950년	반혁명자로 낙인찍혀 공산당에서 출당
1956년	공산당 재입당
1967~1968년	체코슬로바키아 자유화운동 가담
1970년	다시 공산당에서 출당
1975년	프랑스로 망명
1979년	체코슬로바키아 시민권 박탈
1981년	프랑스 시민권 취득
1984년	『참을 수 없는 존재의 가벼움』 출간
1990년	프랑스어로 작품 활동

15

El amor en los tiempos del cólera

가브리엘 가르시아 마르케스의
『콜레라 시대의 사랑』

사랑에서
항심이 가능할까

『표준국어대사전』에 따르면 동정童貞은 "이성과 한 번도 성교性交를 하지 아니하고 그대로 지키고 있는 순결, 또는 그런 사람"이다. 또 처녀성處女性은 "처녀로서 지니고 있는 특성, 특히 성적 순결"이다.

'총각성總角性'이라는 말이 없는 것을 보면 아무래도 전통 사회에서 남녀 동정 문제는 '기울어진 운동장'이었다. 동정은 성 중립적gender neutral이니 21세기 언어생활에서도 계속 쓸 만하다.

동정, 처녀성과 함께 사용하는 동사는 '잃다'이다. '동정을 잃었다'가 대표적인 용례다. 영어에서도 마찬가지다(lose virginity).

잃는 것이 있으면 얻는 것도 있는 법이다. 사람은 동정을 잃고 무엇을 얻을까. 후회? 경험? 추억? 노하우? 첫 경험의 유산이 가정생활과 사회생활의 밑천이 되는 것이 아닐까.

첫 경험은 청소년기의 '졸업'이라 할 수 있다. 하지만 영어의 졸업commencement이 시작을 의미하듯이 첫 경험은 새로운 시작일 뿐이다. 결혼하고 나면 정조貞操, 즉 "이성관계에서 순결을 지니는 일"의 시대가 개막한다. 동서고금을 막론하고 마찬가지다. 영어 'marital fidelity, sexual fidelity'는 부부간의 신의와 육체적 정절이다.

『백년의 고독』(1967)으로 유명한 1982년 노벨문학상 수상자 가브리엘 가르시아 마르케스는『콜레라 시대의 사랑El amor en los tiempos del cólera』(1985)에서 조금 독특한 사례를 통해 정절의 개념을 다룬다(2007년에는 영화로도 나왔다. 마르케스의 전체 이름은 굉장히 길다. '가브리엘 호세 데 라 콩코르디아 가르시아 마르케스'다).

『콜레라 시대의 사랑』은 변심한 애인이 딴 남자와 결혼하자 그 남편이 죽기를 기다리며 자기 나름의 방식으로 정절을 지키는 남성이 주인공인 이야기다. 작품이 끝날 때쯤 드러난 남자 주인공 플로렌티노의 나이는 일흔여섯이다. 사랑한다면 일흔여섯 살도 열여섯 살 못지않은 이팔청춘이라는 메시지를『콜레라 시대의 사랑』은 담고 있다.

1982년 노벨문학상 수상자 가브리엘 가르시아 마르케스, 2002년.

마르케스는 『콜레라 시대의 사랑』에서 풋사랑, 첫사랑, 황혼의 사랑 등 사랑의 다양한 모습을 다룬다. 『콜레라 시대의 사랑』은 사랑의 해답보다는 정신적 정절과 육체적 정절의 분리가 가능한지, 사랑의 항심이 가능한지 등 사랑의 보편성에 대해 묻는다.

이 책은 『시간 여행자의 아내』 『닥터 지바고』 『로미오와 줄리엣』 등과 더불어 밸런타인데이 시즌에 많이 팔린다. '진정한 사랑의 힘'을 예시하는 책으로 '잘못' 또는 '제대로' 알려졌기 때문이다. 저자 자신이 한 인터뷰에서 "독자들은 내가 파놓은 함정에 빠지지 않도록 조심해야 한다"고 경고했다.

사랑하고 결혼하려면 적절한 분량의 환상이 필요하다. '건강한 환상' 없이 결혼할 수 없다('국가 간 결혼'인 남북한 통일도 할 수 없다).

『콜레라 시대의 사랑』은 사랑이라는 거짓말과 환상을 깨는 책이라고 보아도 크게 틀리지 않다. 제목의 '콜레라'가 암시하는 것처럼 '사랑은 병'이라는 메시지도 담고 있다. 반드시 좋은 의미에서의 '병'이 아니다. 일부 독자는 이 책을 읽고 '사랑은 사람을 더욱 이기적이고 추악하게 만드는 일종의 정신병'이라는 결론을 내릴 것이다.

풋사랑, 첫사랑, 황혼의 사랑, 부부생활과 사랑, 사랑과 고부간의 갈등, 사랑과 변심, 사랑과 사회계층, 사랑과 세상의 눈, 상사병 등등 『콜레라 시대의 사랑』만큼 포괄적·종합적으로 사랑의 다양한 모습을 다룬 소설도 없다.

『콜레라 시대의 사랑』의 시간적 배경은 1880년대에서 1930년대다. 이때는 쉰 살만 넘어도 노인 취급을 했다. 70대의 사랑을 다룬 『콜레라 시대의 사랑』은 매우 선구적인 소설이다. 장소는 콜롬비아의 바랑키야(콜롬비아 최대 항구도시)와 카르타헤나를 합쳐놓은 카리브 해 연안에 있는 가상의 항구도시다.

이런 스토리다. 페르미나의 남편 후베날이 81세를 일기로 사망한다. 참 허망한 죽음이었다. 망고 나무 위로 올라간 앵무새를 잡으려다 사다리에서 실족하여 불귀不歸하게 된 것이다.

호시탐탐 페르미나를 노리고 있던 그의 첫사랑 플로렌티노가 등장한다. 처음에 페르미나는 일흔여섯 살의 플로렌티노를 제대로 알아보지 못한다. 갓 미망인이 된 일흔두 살의 페르미나에게 플로렌티노는 "영원한 정절, 영원한 사랑"을 맹세한다. 플로렌티노는 페르미나에게 실연당하고 페르미나의 남편 후베날이 죽기를 51년 9개월 4일 동안 기다려왔다. 분노와 충격에 휩싸인 페르미나는 플로렌티노를 내쫓는다.

『콜레라 시대의 사랑』의 카메라 렌즈는 50여 년 전으로 돌아간다. 열일곱 살의 플로렌티노는 열세 살의 페르미나를 보고 첫눈에 반한다. 편지를 주고받으며 사랑을 키운 그들은 결혼하기로 약속한다. 점쟁이를 찾아갔더니 페르미나가 "오래오래 행복한 결혼생활을 영위할 것"이라고 알려준다(그런데 첫 결혼 상대는 플로렌티노가 아니었다).

부유한 상인인 페르미나의 아버지가 맹렬히 반대했다. 견습 전신電信기사인 가난뱅이에게 딸을 줄 수 없다는 것(토머스 에디슨도 견습 전신기사 출신이다). 둘을 떼어놓기 위해 아버지는 딸과

1년 반 동안 여행을 떠난다. 둘은 계속 몰래 전신으로 연락한다. 그런데 돌아온 페르미나가 변심한다. 아버지가 적극 밀어주는 후베날과 결혼한다.

플로렌티노는 포기하지 않고 기다리기로 작정한다. 50여 년 동안 그녀의 주변을 맴돈다. 페르미나와 숫총각으로 결혼하겠다고 다짐한다. 하지만 정체 미상 여성에게 동정을 빼앗긴다. 물꼬를 트자 숱한 염문을 뿌린다. 622명의 여성과 관계한다. 원 나이트 스탠드는 뺀 숫자다.

섹스는 그에게 페르미나를 잊기 위한 힐링 수단이었다. 실제로 한 여자에게 몰두할 때는 페르미나 생각을 한동안 안 하기도 했지만 페르미나는 어김없이 플로렌티노의 뇌리를 정복했다. 두 손 든 플로렌티노는 페르미나에게 어울리는 남자가 되고자 재물과 명예를 추구한다. 결국 하천 운수회사 사장 자리에 오른다.

후베날이 죽자 플로렌티노는 새로운 대시dash를 개시하지만 페르미나의 초기 반응은 별로였다. 50년 전 일로 자신에게 복수하려고 하는 것은 아닌지 의심한다. 하지만 차츰 마음의 문을 연다. 진심이 승리한 것이다.

두 사람은 다시 맺어진다. 증기선을 타고 여행을 떠나 육체관계를 맺는다. 플로렌티노는 자신이 페르미나 때문에 아직까지 숫총각이라고 거짓말한다. 페르미나는 거짓말이라는 것을 뻔히 알면서도 기쁘다. 그런데 두 사람의 첫 경험은 실망스러웠다. 두 사람은 이제 섹스 만족을 따질 나이는 아니다. 섹스는 별로 중요하지 않은, 같이 있기만 해도 좋은 '영원한 허니문'이 시작되었다.

'영원한 허니문'이 된 문화적 배경이 있다. 페르미나는 미망인이다. 『표준국어대사전』은 미망인에 대해 이렇게 정의한다. "아직 따라 죽지 못한 사람이라는 뜻으로, 다른 사람이 당사자를 미망인이라고 부르는 것은 실례가 된다."

콜롬비아나 라틴아메리카 문화는 따라 죽는 것까지 강요하지는 않는다. 하지만 플로렌티노와 페르미나는 주위의 시선이 두려웠다. 그들은 "목숨이 다할 때까지" 집에 돌아가지 않고 영원히 여행하기로 한다. 『콜레라 시대의 사랑』에서는 여행이 분쟁의 최고의 솔루션이었다. 페르미나는 남편과 위기가 있을 때마다 유럽으로 여행을 떠나 관계 정상화를 이루었다.

이제 『콜레라 시대의 사랑』을 인물 중심으로 살펴보자. 페르미나의 두 남자를 비교해보자. 남편 후베날은 플로렌티노와 대조적이다. 플로렌티노는 사랑이 넘치고 후베날은 사랑이 부족하다.

후베날은 돈 걱정 모르게 해주는 남편이지만 조금 따분하다. 규칙적으로 생활하는 '모범생 인간'이다. 모든 것이 완벽해야 하는 사람이다. 매일 일찍 일어나 같은 일을 한다. 그는 성실한 콜레라 방역 활동으로 국민 영웅이 되었다. 콜롬비아 독립 후의 진보와 근대화를 상징하는 인물이다. 집에서는 가부장적인 남편이다. 집안일은 손 하나 까딱하지 않는다. 음식 타박도 한다.

후베날은 독실한 가톨릭 신자다. 미사에 빠진 적은 평생 손꼽을 정도다. 숫총각으로 페르미나와 결혼했다. 그런 후베날도 딱 한 번 바람에 빠졌다. 발각된 경위가 흥미롭다.

페르미나는 옷을 빨기 전에 옷에서 냄새가 나는지 확인하는 습관이 있었다. 어느 날 남편 옷에서 다른 여자 냄새가 났다. 주일날 미사 도중에도 수상쩍었다. 남편이 영성체를 하지 않았던 것이다. 지옥행이 확실한 '바람죄'를 범한 남편이 아직 고해성사를 못 하고 있었다.

남편은 죄책감을 이기지 못하고 먼저 고해성사를 하고 아내에게 고백했다. 바람도 바람이지만 아내는 남편이 자신이 아니라 고해 신부에게 먼저 고백했다는 것이 정말 너무너무 화가 났다(차라리 딱 잡아떼고 고백하지 말던가……).

대중 앞에서는 이보다 더 행복할 수 없는 부부였지만 크고 작은 난관이 있었다. 고부간의 갈등도 있었다. '시'로 시작하는 것은 시금치도 싫다는 말이 있지 않은가. "시누이는 고추보다 맵다"는 말도 있지 않은가.

시어머니뿐 아니라 같이 사는 시누이들까지 가세하여 사사건건 잔소리를 늘어놓아 페르미나는 돌아버리기 일보 직전이었다. 그런데도 남편은 페르미나 편을 들어주지 않았다. 점차 부부간의 관계 횟수도 줄어들었다.

불륜이나 고부간의 갈등 같은 중차대한 문제가 아니라 굉장히 사소한 이유가 낳은 부부싸움으로 이혼 직전까지 간 적도 있었다. 예컨대 남편은 변기 시트에 오줌을 흘리는 실수를 자주 했다. 욕실 비누 문제로 네 달 동안 싸운 적도 있었다.

세월이 약이다. 많은 문제를 해결해준다. 예컨대 기상시간 문제 말이다. 남편은 아침형 인간, 아내는 아침잠 인간이었다. 그런데 함께 늙어가다보니 페르미나는 아침잠이 없어졌다. 남편보다 오히려 더 일찍 일어나게 되었다. 괴롭히던 시어머니도 결국 돌아가셨다. 부부는 점점 가까워졌다.

첫사랑이자 사실상 두번째 남편인 플로렌티노는 어떤 사람이었을까(페르미나와 플로렌티노가 결혼에 골인하는지는 작품상으로 알 수 없다). 플로렌티노는 혼외자로 태어났다. 아버지는 선장이었다. 플로렌티노가 열 살 때 아버지가 사망했다. 학교를 그만두고 직업 전선에 뛰어들었다.

플로렌티노는 타고난 카사노바, 돈 후안이다. 여자를 처음 딱 보면 넘어올 여자인지, 아닌지 단번에 파악할 수 있다. 그에게 사랑은 수단이 아니라 알파와 오메가다. 그에게 사랑의 목표는 사랑이다. 사랑 외에는 별 관심이 없다. 정치 이야기가 나오면 하품을 한다. 독학으로 바이올린을 배워 사랑의 세레나데를 연주할 수 있다. 댄서이자 시인이다.

타고난 기질과 재주를 바탕으로 플로렌티노는 길거리 헌팅으로 낚은 여자, 유부녀, 과부 등 가리지 않고 상대했다. 자신이 관계한 여자들에 대해 일기에 남겼다. 페르미나에게 자신의 애정 행각이 들통날까 두려웠던 플로렌티노는 꼬리가 잡히지 않도록 최선을 다했다. 게이라는 소문이 돌 정도였다.

플로렌티노의 섹스생활은 여성들의 희생이 있었기에 가능했다. 그와 사귄 어떤 유부녀는 남편에게 불륜이 발각되어 죽임을 당하기도 했다. 자신보다 예순 살 어린, 열네 살의 아메리카와 동거했다.

플로렌티노가 아메리카를 처음 본 것은 아메리카가 열두 살 때였다. 플로렌티노는 둘이 연인관계가 될 것이라고 직감했다. 둘은 혈연관계인데다가 플로렌티노는 아메리카의 후견인이었다. 아메리카는 페르미나 때문에 실연한데다가 시험을 망쳐 자살했다.

『콜레라 시대의 사랑』은 사랑에 대한 해답보다는 질문을 더 많이 던져준다. 책을 읽고 나면 더 큰 혼돈에 빠질 수도 있다. 『콜레라 시대의 사랑』은 이런 질문들을 한다. '정신적 정절'과 '육체적 정절'을 분리하는 것이 가능한가를 묻는다.

사랑에서 항심恒心이 가능한지를 묻는다. 진실한 사랑을 하는 사람들도 시시때때로 마음이 바뀌는 것은 아닐까. 반세기 만에 플로렌티노와 대화를 나누게 된 페르미나는 분격했지만 이내 남편보다 플로렌티노에 대해 더 많이 생각하는 자신을 발견했다. 또 그 전에 부부 사이가 나빴을 때는 우연히 마주친 플로렌티노를 보고 그와 결혼했다면 어땠을까 하는 생각도 했다. 하지만 부부 사이가 회복되자 플로렌티노를 까맣게 잊었다.

『콜레라 시대의 사랑』은 우리에게 사랑의 보편성을 묻는다. 『콜레라 시대의 사랑』을 읽으며 독자들은 사랑의 보편성을 발견할 것이다. 우리나라와 라틴아메리카의 옛 사랑 문화에는 공통점이 많다. 예컨대 페르미나가 후베날과 결혼하기로 결심한 것은 스물한 살이 되기 전에 결혼해야 한다는 강박 때문이었다. 노처녀가 되고 싶지 않았던 것이다.

나이가 들기 전과 후에 사랑의 전략이 어떻게 달라져야 하는지 묻는다. 어릴 적 플로렌티노는 연애편지로 페르미나에게 구애했다. 50년 후 플로렌티노의 구애 작전은 진화했다. 이번에는 '인생과 사랑에 대한 철학 논문'을 타자로 쳐서 보냈다.

사랑, 섹스, 가정, 행복의 사각관계에 대해서도 묻는다. 사랑은 행복에서 상수 자리를 차지하는가. 『콜레라 시대의 사랑』에 따르면 반드시 그런 것은 아니다. 주인공 셋 중에서 사랑에 가장 관심 없는 후베날이 가장 행복하다. 또한 『콜레라 시대의 사랑』에 따르면 사랑이 반드시 결혼생활의 바탕인 것도 아니다. 페르미나는 결혼생활 대부분의 순간에 행복하지만 자신이 남편을 사랑하는지는 잘 모른다. 하지만 페르미나는 남편이 적어도 '싫지는 않다'고 할 것이다.

가브리엘 가르시아 마르케스는 열아홉 살 때 프란츠 카프카의

『변신』(1915)을 읽고 작가가 되기로 결심했다. 『변신』덕분에 에피파니epiphany(평범한 일상이나 체험 속에서 영원한 것에 대한 감각 또는 통찰이 든 상태), 즉 현현顯現을 체험했던 것이다.

아버지를 기쁘게 하기 위해 국립콜롬비아대학과 카르타헤나대학에서 법학을 공부했다. 공부는 뒷전이고 소설을 더 열심히 읽었다. 결국 대학을 중퇴하고 언론인이 되었다. 1940년대 말부터 소설 집필에 착수했다.

만약 『콜레라 시대의 사랑』을 21세기 버전으로 새로 쓴다면 무엇이 바뀌어야 할까. 아내, 어머니, 안주인인 페르미나가 커리어우먼으로 등장해야 할지 모른다. 스토킹을 연상시키는 "열 번 찍어 안 넘어가는 나무 없다"의 논리도 수정이 필요할 것이다.

마르케스 일생

1927년	콜롬비아 아라카타카에서 출생
1947년	신문사 입사
1967년	『백년의 고독』 출간
1982년	노벨문학상 수상
1985년	『콜레라 시대의 사랑』 출간
2014년	멕시코시티에서 사망

16

Jane Eyre

16

샬럿 브론테의 '분신',
『제인 에어』

"나를 걸려들게 할
그물은 없다."

민족국가, 연애결혼, 과학기술은 띄어쓰기를 안 한, 한 단어로 국어사전에 나온다. 그러나 민족과 국가, 연애와 결혼, 과학과 기술은 원래는 별개였다. 수백 년에 걸친 근대화과정에서 한 짝이 된 것뿐이다.

영어사전을 보면 이들 쌍이 원래 따로 존재했다는 것이 드러난다. 영어의 'nation-state(민족국가)'에는 nation(민족)과 state(국가) 사이에 붙임표(-)가 있다. 'love marriage(연애결혼)'의 경우에는 띄어쓰기를 했고 'science and technology(과학기술)'에는 등위접속사 and(그리고)가 있다.

결합의 정도는 연애결혼이 가장 취약하다. 회자정리會者定離, 거자필반去者必返의 이치는 사람뿐 아니라 현상에도 적용된다. 특히 민족국가와 연애결혼에 분리의 조짐이 있다. 세계화 속 다문화주의는 민족국가의 기틀을 뒤흔들고 있다. 연애만 하고 결혼은 하지 않는 사람들이 늘고 있다.

샬럿 브론테의 『제인 에어Jane Eyre』(1847)는 연애("남자와 여자가 서로 사랑해서 사귐")와 결혼("남녀가 정식으로 부부관계를 맺음")이 본격적으로 결합하는 시대를 배경으로 탄생한 명작이다.

『제인 에어』는 당대에 상업적으로 큰 성공을 거두었고 그 까다로운 비평가들의 평가도 상당히 긍정적이었다. 『제인 에어』는 5년마다 한 번씩 영화로 만들어진다는 속설이 있다. 지금까지 20편 이상의 극장용·TV용 〈제인 에어〉가 나왔다.

'여자가 무슨 글을 쓰느냐'는 사회 분위기 때문에 커러 벨이라는 남성 필명으로 발표한 『제인 에어』는 시점이 일인칭이다. 그만큼 작가의 생각을 친밀하게 느낄 수 있다.

브론테는 『제인 에어』라는 자서전에서 독자들과 직접 소통한다. '독자'가 41번 나온다. 문학사에서 가장 유명한 문장 중 하나인 "독자여, 나는 그와 결혼했습니다"로 『제인 에어』의 마지막 장이 시작된다.

『제인 에어』는 공포와 로맨스를 결합한 '고딕소설'이자 사회의 불의를 고발한 '사회소설'이자 '성장소설'이다. '신앙소설'이라고도 볼 수 있다. 또한 변형된 '신데렐라' 또는 변형된 '미운 오리 새끼' 스토리라고도 할 수 있다. 19세기 신데렐라인 제인 에어는 '왕자님'의 청혼에 무조건 기뻐하지 않고 따질 것은 따진다. 부부간 평등 같은 것 말이다.

또 제인은 스스로를 백조로 발전시킨다. 유전자가 백조라는 뜻이 아니다. 노력으로 백조가 된다(제인은 숙부 존 에어로부터 오늘날 170만 달러에 해당하는 돈을 상속받는다. 알고 보니 그는 물질적인 기준으로 보았을 때 백조였다).

『제인 에어』의 시간과 공간은 19세기 초, 잉글랜드 북부다. 부제는 '자서전'이다. 주인공 제인 에어가 자서전 형식으로 자신의 러브스토리를 펼쳐낸다. 브론테는 제인 에어와 마찬가지로 가정교사였으며 학교 선생님 경력이 있었다.

주인공 제인은 지적이고 정열적이다. 상상력이 풍부하고 음악 등 예술에 조예가 깊다. 그리 미인은 아닌 평범한 얼굴이다. 『제인 에어』는 외모가 평범하거나 평범 이하인 여성도 얼마든지 정열적인 사랑과 행복한 결혼생활을 할 수 있다는 메시지를 담고 있다.

남자 주인공 로체스터도 전형적인 영웅은 아니다. 그는 인상이 강렬하다. 얼굴이 검다. 눈썹이 짙다. 거기까지는 좋다. 그런데 풍기는 분위기가 조금 어둡고 으스스하다. 냉소적인 데가 있고 감정 기복이 심하다. 도덕적으로도 문제가 있다. 브론테는 그런 로체스터를(물론 작가 자신이 창조한 인물이지만) 19세기를 넘어 20세기의 섹스 심벌로 만들었다. 브론테의 글재주는 탁월했다.

　앞서 언급했듯이 『제인 에어』는 흔히 교육소설, 교양소설, 성장소설로 번역되는 빌둥스로만Bildungsroman이다. 17세기 독일에서 탄생한 빌둥스로만은 19세기 중반 영국에서 확고히 자리잡았다. 빌둥스로만은 한 인간, 한 주인공, 한 영웅이 단계적으로 발전하는 과정을 그린다. 사랑의 문제는 단계별 성장과 성숙의 문제이기도 한 것이다.

　『제인 에어』는 5단계로 구성되었다. 부모를 일찍 여읜 제인은 1단계에서 외숙모 집에서 10여 년 동안 외숙모와 외사촌들의 구박을 받으며 자란다. 2단계에서는 자선단체가 운영하는 기숙학교 로우드에서 6년 동안 공부하고 2년 동안 교사로 일한다. 로우드는 80여 명의 가난한 집 아이와 고아 들이 다니는 학교다. 3단계에서 열여덟 살의 제인은 더 넓은 세상과 체험을 위해 로체스터 가문의 저택인 손필드에 가정교사로 취업한다. 제인에게 청혼한 로체스터와 결혼할 뻔하다 로체스터에게 본처가 있다는 사실이 드러나 그를 떠난다. 4단계에서는 우연히 친척들을 만나고 두번째 청혼한 남자를 만난다. 5단계에서는 로체스터와 재회하여 결혼에 골인한다.

　3단계에서 만난 로체스터는 제인보다 나이가 스무 살이나 더 많다. 로체스터는 상당한 재력가다. 제인은 무일푼이다. 나이와 신분을 초월하여 두 사람은 사랑에 빠진다. 서로 보기에 생김새는 별로. 두 사람은 서로의 생김새보다는 지성과 영혼에 매료된다.

뭐니뭐니해도 어쩌면 연애의 핵심은 '밀고 당김'이다. 로체스터가 제인에게 "내가 잘생겼나요?"라고 묻자 제인은 0.1초 만에 "아니요"라고 답한다("네, 주인님. 주인님은 너무너무 잘생기셨어요"라고 하지 않았다).

어떤 '의욕'으로 불타게 된 로체스터는 제인의 마음을 알아보기 위해 집시 점술가로 변장한다. 또 유럽으로 가서 한 1년 정도 머물 생각이라는 거짓 정보를 제인에게 흘려 이미 로체스터를 좋아하게 된 제인의 마음을 흔들어놓는다. 또 제인의 질투심을 자극하기 위해 마치 다른 여성(미인이지만 조금 세속적이고 사악한 구석이 있는 블랜치 잉그럼)에게 청혼할 것 같은 속임수 동작, 페인트 모션을 쓴다. 얼마나 유치한가. 어쩌면 지극히 유치한 것이 사랑의 본질이다. 유치하지 않은 사랑은 사랑이 아니다.

로체스터는 안달하다가 제인에게 청혼한다(안달하다는 "속을 태우며 조급하게 굴다"는 뜻이다). 제인은 로체스터의 청혼을 받아들인다. 영국 국교회인 성공회 성당 결혼식에서 혼인 서약을 할 참인데 결격 사유가 폭로된다. 로체스터가 정신 질환을 앓고 있는 버사 메이슨과 이미 결혼했다는 것. 로체스터는 제인에게 프랑스로 도망가 부부처럼 살자고 제안한다. 하지만 '부부처럼'과 부부는 엄연히 다르다. 제인은 로체스터를 떠난다.

4단계에서 제인은 신진이라는 성직자를 만난다. 신진은 인도로 선교사로 떠날 것이다. 그는 선교사생활을 성공적으로 완수하기 위해 아내가 필요하다. 제인에게 프러포즈한다. 제인은 둘이 서로 사랑하지 않는다는 이유로 거절한다. 하지만 신진이 하도 집요하게 매달리자 결혼 신청을 수락할 뻔한다. 그런데 갑자가 제인을 부르는 로체스터의 목소리가 들린다. 환청일까.

5단계에서 로체스터를 찾아가보니 저택은 불에 타 폐허가 되어 있다. 로체스터의 본처가 불을 지른 것이다. 로체스터는 본처를 살리기 위해 애쓰다 실명했고 한쪽 손이 불구가 되었다. 본처는 떨어져 죽었다. 제인과 로체스터는 완전히 평등한 관계로 결혼한다. 로체스터는 한쪽 눈 시력을 회복하고 둘은 아들을 낳는다.

『제인 에어』는 시원적始原的 페미니즘 소설이다. 사실『제인 에어』가 서양문학의 정전으로 자리잡은 것은 여성해방운동이 최고조에 달한 1970년대 이후다. 새로운 여성상, 부부간 평등을 제시한『제인 에어』는 페미니즘이 중시하는 텍스트가 되었다.

대부분의 명작은 여러 문제의 핵심을 건드린다. 문제가 낳은 고름을 짠다.『제인 에어』는 당시 영국 사회의 계급 문제를 공격했다. 어쩌면『제인 에어』의 초기 독자 중에는 여성 가정교사가 많았을지도 모른다. 그들은 그들이 받은 교육이나 인품 면에서는 귀족들과 동급이었다.

하지만 그들은 월급쟁이 피고용인에 불과했다. 제인 에어라는

로버트 스티븐슨 감독이 연출한 영화 〈제인 에어〉의 한 장면, 1943년.

『제인 에어』는 공포와 로맨스를 결합한 고딕소설이자 사회소설이자 성장소설이다.
이 책은 보수적인 사회 분위기 속에서 당당한 여성으로서 주체적인 삶을 살고자 한
제인 에어의 단계적 발전과정을 일인칭 시점으로 그려내고 있다.

주인공뿐 아니라 당시 가정교사가 공통적으로 겪는 모순이었다. 제인 에어와 로체스터는 지적으로는 동등하다. 하지만 둘은 신분상의 차이, 재력상의 차이가 있다.

빅토리아 시대의 영국은 여성의 30퍼센트가 싱글이었다(빅토리아 여왕은 『제인 에어』의 애독자였다). 자녀들에게 좋은 교육의 기회를 주고 싶었던 신흥 부자는 가정교사를 채용했다. 19세기 중반 영국에는 약 2만 5000명의 여성 가정교사가 있었다. 그들은 프랑스어, 간단한 산수, 음악, 그림, 역사 등을 가르쳤다. 당시 가정교사의 정년은 대략 마흔 살이었다. 그들은 너무 늦기 전에 제 짝을 찾아 결혼해야 했다.

『제인 에어』는 종교소설이다. 당시의 전형적인 신앙인 유형을 그리고 있다. 제인이 다니던 기숙학교 교장 브로클허스트는 당시 영국의 복음주의운동의 일부 부정적인 인물들을 대표한다. 브로클허스트는 광신자이며 위선자다. 잔인한 인간이다. 학생들에게 가난과 금욕을 강요하지만 정작 자신은 학교에서 빼돌린 돈으로 호의호식한다. 한마디로 인간 말종.

제인이 인생 4단계에서 만난 신진은 신앙심이 두터운 것은 좋은데 지나친 야심가라는 것, 지나친 자존감이 문제다. 신진은 사랑보다는 신을 위한 사업이 먼저다. 그는 가정보다 신앙이 우선이다.

『제인 에어』에 나타난 또다른 신앙인 유형은 헬렌이다. 제인은 그를 기숙학교에서 만났다. 헬렌은 자신을 괴롭히는 사람을 미워하지 않는다. 원수를 사랑하는 것이 예수의 명령이기 때문이다. 헬렌은 궁핍도 받아들인다. 제인은 헬렌의 신앙 모델에 동의하지 않는다. 헬렌의 신앙은 불의를 용납한다고 보기 때문이다.

그렇다면 주인공 제인은 작품 속에서 사랑과 신앙 사이에서 어떤 고민을 했을까. 그리고 고민의 결과로 어떤 선택과 행동을 했을까.

제인은 신앙인으로서의 도덕적 책무와 지상의 쾌락 사이의 균형을 찾기 위해 애썼다. 제인에게 신앙은 사람을 파멸로 이끌 수 있는 욕망의 브레이크 역할을 했다. 동시에 신앙은 세속적인 성공에도 도움을 주는 조력자였다.

제인은 작품 속에서 "시편이 흥미롭지 않다"고 말한다. 하지만 제인은 인생의 위기와 고비가 있을 때마다 신에게 도움을 청한다. 남편 로체스터를 감화시켜 신앙의 길로 이끈다. 이 소설의 마지막은 "아멘, 주 예수여, 오시옵소서"로 끝난다. 『요한계시록』 22장 20절에 나오는 구절이다.

『제인 에어』는 21세기 관점으로는 지나치게 종교적이다. 하지만 19세기 중반 사람들 중 일부의 생각은 달랐다. 일각에서는 신이 부여한 직분을 거역하는 부도덕하고 위험한 책이라고 비판했다.

이 소설에는 좋은 사람, 나쁜 사람이 나온다. 그들 중 그 어떤 인물도 인과응보, 상선벌악賞善罰惡이라는 세상의 이치에서 벗어날 수 없다(현대인은 과연 인과응보, 상선벌악이 인간사의 지배 원리인지에 대해 정당한 의구심을 품을 수 있다).

『제인 에어』의 또다른 한계는 제국주의다. 얼핏 인종차별을 정당화하는 대목도 나온다. 1980년대 이후에는 『제인 에어』가 탈식민지문학 이론의 필독서가 되었다. '유럽의 여성해방은 제3세계의 이름 없는 사람들의 희생 위에 전개되었다'는 논리를 예시하는 텍스트로 『제인 에어』가 중시된 것이다.

브론테는 어렸을 때부터 키가 작고 허약한 체질이었다. 6남매 중 셋째. 아버지 패트릭 브론테는 아일랜드 출신의 성공회 신부였다. 어머니는 브론테가 다섯 살 때 세상을 떠났다. 친구들이 남긴 기록을 보면 브론테는 스스로를 '늙고 못생겼다'고 생각했다. 제인은 브론테의 분신이었다.

브론테는 네 번 청혼을 받았다. 1854년 보좌 신부인 아서 니컬스와 결혼했다. 아버지가 반대했다. 지적인 베스트셀러 작가인 딸과 가난하고 평범한 성직자가 배필이 될 수 없다고 생각한 듯. 브론테는 니컬스를 사랑하지 않았다. 프러포즈를 받아들인 것을 보면 브론테는 어떤 운명의 힘에 이끌렸던 것 같다.

'워라밸'은 그때도 힘들었다. 브론테는 "나는 전보다 바쁘다. 생각할 시간이 많지 않다"는 말을 남겼다. 결혼 후 불과 9개월 뒤에 폐렴으로 사망했다. 임신 중이었다. 향년 39세. 『제인 에어』가

발간된 지 8년 만이었다.

1855년 사망한 샬럿 브론테 부고 기사는 『뉴욕타임스』(1851 창간)에 실리지 않았지만 51년 후에 사망한 남편의 부고는 실렸다. 다섯 줄짜리 부고 기사의 제목은 "샬럿 브론테의 남편 사망"이었다.

『제인 에어』에서 브론테는 이렇게 말한다. "나는 새가 아니다. 나를 걸려들게 할 그물은 없다. 나는 독립적인 의지를 지닌 자유로운 인간이다." 제인 에어의 이런 선언은 당시로서는 충격적인 선언이었다. 빅토리아 시대의 풍습상으로 남성은 여성이 앉았던 자리에 곧바로 앉을 수 없었다. 여성의 체온이 느껴지면 남성이 '망측한' 생각을 할 수 있기 때문이었다. 이런 시대 분위기에도 불구하고 브론테는 상당히 '에로틱한' 장면을 작품 곳곳에 심어 놓는 데 성공했다. 한마디로 브론테는 세계문학사에 길이 남을 천재 작가였다.

알렉산더 포프는 "잘못을 저지르는 것은 사람다운 것이다. 용서하는 것은 신성神性한 것이다"라고 말했다. 『제인 에어』가 "그들은 그 후 쭉 행복하게 살았다"라는 식으로 끝난 것은 그들이 서로 용서했기 때문이 아닐까.

브론테 일생

1816년	잉글랜드 손턴에서 출생
1821년	어머니 사망
1842년	브뤼셀 기숙학교로 유학
1847년	『제인 에어』 출간
1854년	아서 니컬스와 결혼
1855년	잉글랜드 호머스에서 사망

17

Forforerens Dagbog

17

쇠렌 키르케고르의
『유혹자의 일기』의 '유혹'

사랑은 아름다움보다는
선함과 더 관계 깊다?

사랑과 섹스, 결혼. 이 세 가지에 어떤 형식으로든 질서를 부여하려고 시도하지 않은 문명이나 문화 또는 국가나 사회는 없다. 법과 규범, 관습으로 통제한다. 유교권·그리스도교권·이슬람권 등 전근대 사회에 뿌리를 둔 주요 문명권에서는 사랑과 섹스가 결혼에 종속되었다. 이들 전근대 문명의 결혼은 조건과 조건이 만나는 중매결혼이었다. 첫날밤을 치를 때까지 신랑과 신부는 서로의 얼굴을 제대로 볼 수 없는 경우도 많았다.

근대화는 중매결혼을 연애결혼으로 대체했다. 유럽이 주도한 근대화는 정치 영역에서 민주주의, 경제 영역에서 자본주의, 사랑·섹스·결혼 영역에서는 연애결혼을 전 세계로 확산시켰다. 탈근대화는 연애결혼의 위상을 흔들고 있다. 민주주의와 자본주의를 대체할 대안은 보이지 않는다. 사랑·섹스·결혼 영역은 흔들리고 있다.

전근대나 근대 사회에서도 사랑과 섹스, 결혼이 삼신불三身佛·삼위일체三位一體 같은 완벽한 통일성을 이룬 적은 없었다. 21세기의 사랑과 섹스, 결혼에 상호 분리 현상이 일어나고 있다. 사랑과 섹스는 더이상 결혼에 종속되지 않는다. 결혼은 안 하고 사랑과 섹스만 하면서 살겠다는 사람이 늘고 있다. 사랑도 섹스도 결혼도 안 하겠다는 선택도 등장했다. 우리는 어쩌면 '포스트연애결혼 시대'에 살고 있는지도 모른다.

중매결혼 시대에는 매파와 같은 중매가 필요했다. 연애결혼 시대가 개막하자 코트십이 중매를 대체했다. 영한사전에서 코트십을 찾아보면 "결혼 전의 교제(연애)" "(동물의 짝짓기를 위한) 구애"라고 나온다. 코트십은 우리말로 구애, 즉 "이성에게 사랑을 구함"이다. 또 코트십과 구애를 달리 표현하면 유혹이다.

『유혹자의 일기Forforerens Dagbog』는 19세기 코트십과 유혹을 그리고 있다. 저자 쇠렌 키르케고르는 마흔두 살에 사망한 덴마크 철학자이자 신학자다. 『유혹자의 일기』는 키르케고르의 대표작 『이것이냐, 저것이냐』(1843)의 일부분이지만 따로 출판되기도 한다. 『이것이냐, 저것이냐』는 덴마크 철학을 유럽 철학사의 본

류로 합류시킨 역작이다.

19세기는 구애를 거치는 연애결혼이 정착되어가는 세기였다. 어떤 현상이 갑자기 등장하는 일은 없다.『유혹자의 일기』에서 우리는 '탈연애결혼 시대'의 뿌리를 발견할 수 있다. 마키아벨리가 정치를 윤리, 종교와 분리했고 키르케고르는 사랑, 섹스가 결혼과 분리될 수 있는 가능성을 보여주었다.

로맨스소설처럼 읽을 수도 있는『유혹자의 일기』는 심미적·미학적 사랑에 대한 철학적 탐구다. 유혹에 대한 지적 기록이다. 4월 4일부터 9월 25일까지 6개월에 걸친 일기 형식을 띠고 있다. '실존주의의 아버지'라 불리는 키르케고르는『유혹자의 일기』에서 성애性愛 문제를 다룬다. 키스에 대한 철학적 논의도 나온다. 플라톤의『향연』(기원전 384경) 같은 작품이 사랑의 문제를 다루지만 사실 사랑이 통상적인 철학의 주제는 아니다.

키르케고르는 인간의 실존을 미학적·윤리적·종교적 영역으로 나누었다. 이 영역에 사랑과 섹스, 결혼을 대입하여 살펴볼 수 있다. 윤리적·종교적 영역은 고려하지 않고 미학적 영역에만 사랑과 섹스, 결혼을 대입하면 무엇이 드러날까.『유혹자의 일기』는 미학적 영역만 따진다.

키르케고르는 개개인은 삶의 여러 가능성 중에서 하나를 완전히 의식적으로 선택하고 선택이 요구하는 책임을 져야 한다고 주장했다. 하지만『유혹자의 일기』의 주인공은 지극히 무책임하

닐스 크리스티안 키르케고르, 〈키르케고르의 초상화〉, 1840년경.

키르케고르의 대표작 『이것이냐, 저것이냐』는 덴마크 철학을 유럽 철학사의 본류로 합류시켰다. 『이것이냐, 저것이냐』에 실린 『유혹자의 일기』는 심미적·미학적 사랑에 대한 탐구이자 유혹에 대한 지적 기록이다. 이 책에서 키르케고르는 사랑과 섹스가 결혼과 분리될 수 있는 가능성을 보여준다.

다. 한마디로 나쁜 놈이다. 타락한 남자다.

　남자 주인공 요하네스는 스물여섯 살이다. 개인주의자다. 자신을 사회로부터 격리하고 표면적인 관계만 유지한다. 즐거운 삶에 집중하는 쾌락주의자다. 요하네스는 숱하게 많은 유혹을 해보았다. 꾼이다. 그의 직업이 무엇인지는 나오지 않는다. 유혹이 직업이라고 할 수 있다. 돈 후안과 달리 닥치는 대로 여성을 유혹하는 인물은 아니다. 지적인 그는 섹스 그 자체보다는 유혹, 유혹 자체보다는 유혹의 계획에 탐닉한다.

　자기 또래 여성에게는 무관심하다. 20대의 '나이든' 여성은 반응이 뻔하기 때문이다. 요하네스에게는 어린 여성 '정복'이 유일한 삶의 의미다. 영원하고 순수한 사랑에는 무관심하다. 유혹에 성공한 다음에는 여자를 버린다. 결혼에는 관심이 없다. 하도 많이 사랑과 섹스를 해보았기에 그에게 평범한 구애는 따분하다. 그는 흥미로운 사랑을 바란다.

　『유혹자의 일기』의 여주인공은 코델리아다. 열여섯 살이다. 부모를 여의고 두 명의 자매, 고모와 함께 산다. 탐미주의자인 요하네스는 코델리아를 마치 예술 작품처럼 즐긴다. 또 코델리아를 가르치려 든다. 에로틱한 사랑, 사랑의 본질 등에 대해서 말이다. 코델리아는 이렇게 반응한다. "그는 때로 너무 지적이어서 여성으로서 저를 무시한다고 느낄 때가 있어요. 또 어떤 때는 그가 너무나 사납고 열정적으로 욕망에 불타고 있어서 그의 앞에서 저는 거의 덜덜 떨 정도였어요."

요하네스에게 유혹은 게임이다. 전략이 필요한 전쟁이기도 하다. 장난은 아니다. 그는 진지하다. 여성을 유혹하고 소유하고 버리는 과정을 반복하지만 소유하기 전까지는 상대방을 진심으로 사랑한다. 우연히 마차에서 내리는 코델리아를 처음 보고……며칠 후 거리에서 마주치고 사랑에 빠진다.

요하네스는 일기에 이렇게 썼다. "내가 코델리아를 사랑하는 것일까? 그렇다! 진심으로? 그렇다. 성실하게? 그렇다. 심미적인 의미에서 그렇다." "사랑에 빠진다는 것은 얼마나 아름다운 일인가! 어떤 사람이 사랑에 빠져 있다는 것을 알게 되면 또 얼마나 흥미진진한 일인가!"

요하네스에게 모든 유혹은 첫사랑과 같다. 매번 새로운 것을 바란다. 사랑 고백에 대해서는 이렇게 말한다. "나는 지금껏 살아오면서 여러 번 사랑 고백을 했지만 고백은 매번 아주 색다르게 해야 하기 때문에 그런 경험들이 지금은 아무런 도움이 되지 않는다."

사랑에 빠졌기 때문일까. 요하네스는 비논리적이다. 이렇게 말도 안 되는 이야기를 한다. "두 번이나 그녀는 내 눈앞에 나타났다 사라졌다. 그것은 그녀가 더 많이 나타날 것을 의미한다. 요셉이 파라오의 꿈을 해석하면서 덧붙인 말이 있다. '두 번씩이나 그런 꿈을 꾸었다는 사실은 그것이 머지않아 이루어지리라는 것을 의미한다.'"

타깃의 이름을 알아내고는 어린아이처럼 좋아한다. 다음과 같이 횡설수설한다. "코델리아, 코델리아, 이것이 그녀의 이름이다! 그녀의 이름은 아름다울 뿐 아니라 내게는 무척 소중한 이름이다. …… 코델리아! 아주 멋진 이름이다. 그렇지. 리어 왕의 셋째 딸도 바로 그 이름이었는데, 그녀는 자신의 마음속에 있는 것을 입술에 올리지 못했고, 그녀의 입술은 그녀의 마음속에 할 말이 가득해도 침묵했었지. 나의 코델리아도 그렇다. 나는 그녀가 리어 왕의 코델리아를 닮았다고 확신한다. 그렇지만 어떤 의미에서 그녀는 마음속에 있는 것을 입술에 올렸는데 그것은 말을 통해서가 아니라 진심 어린 키스를 통해 드러냈다. 그녀의 입술은 얼마나 건강미가 넘치게 무르익었던지! 그렇게 아름다운 입술을 이전에는 본 적이 없다."

요하네스에게는 유혹의 매뉴얼이 있다. 타깃을 관찰하며 가족 관계, 친구, 취미, 하루 일정, '소설을 많이 읽었다'와 같은 정보를 최대한 수집한다. 타깃을 완전히 파악하기 전까지는 행동에 나서지 않는다. 요하네스의 말을 들어보자.

- 사람은 언제나 준비하고 또 연구해야 한다. 모든 것은 잘 짜여 있어야 한다.
- 오늘 그녀를 세 번이나 만났다. 나는 그녀의 가벼운 산책이

나 외출시간을 모두 파악하고 있기 때문에…… 나는 그녀에게 접근하지 않는다. 단지 그녀의 존재 주변을 맴돌고 있을 뿐이다.

· 아직도 나는 그녀를 어떻게 이해해야 할지 모르겠다. 그렇기 때문에 나는 아주 조용히, 이렇게 멀찌감치 뒤로 물러나 있다.

· 나는 서서히 그녀를 포위해 들어가며 좀더 직접적인 공격을 시작하고 있다.

요하네스의 최대 무기는 성적 매력이 아니라 상대방을 압도하는 지성이다. 하지만 그는 수단과 방법을 가리지 않는다. 그는 거짓도 유혹의 전략이라고 이렇게 털어놓는다. "사람들은 세상을 헤쳐나가려면 정직 이상의 것이 필요하다고 말한다. 나는 이런 아가씨를 사랑하기 위해서는 정직 이상의 것이 필요하다고 말하고 싶다. 그리고 그 정직 이상의 것을 나는 가지고 있는데, 그것이 바로 거짓이다."

현대 심리학의 연구에 따르면 사랑에서 로맨틱한 단계의 유효기간은 6개월에서 4년이다. 요하네스가 주장하는 사랑의 유효기간은 반년이다. 그러니 결혼은 있을 수 없다. 그는 다음과 같이 말한다.

· 나는 사랑의 본질과 요령을 잘 알고 있으며 사랑을 믿고 사랑의 속내를 잘 알고 있는 심미적인 사랑의 대가大家이므로 어떤 사랑도 6개월 이상 지속되어서는 안 되며 사랑의 절정을 맛보자마자 즉시 그 관계는 끝이라고 생각한다.

· 약혼이 해로운 점은 항상 윤리적인 것이 수반된다는 것이다. 그리고 윤리적인 것은 인생에서나 학문에서나 지루하기 짝이 없다. 이 얼마나 다른가! 심미적인 하늘 아래에는 모든 것이 아름답고 쾌활하며 일시적이다. 반면 거기에 윤리적인 것이 끼어들게 되면 모든 것이 모가 나고 엄하고 한없이 지루해진다.

· 사랑은 신비로 가득차 있으며 따라서 사랑에 빠지는 처음 단계 역시 그것이 아무리 하찮은 일일지라도 신비스럽다. 그런데 대부분의 사람들은 서둘러 약혼을 하거나 다른 어리석은 행동을 하고, 손을 들어 결혼 서약을 함으로써 모든 것이 끝나게 된다.

『유혹자의 일기』의 배경은 가부장적이고 남녀 차별이 존재하는 사회다. 여성은 '순결한 처녀성을 통해 특징지어지는 존재'다. 여성은 남성을 통해 자유로운 존재가 된다. 여성은 본질적으로 자신을 위한 존재가 될 수 없는 존재다.

종교적으로는 루터교가 『유혹자의 일기』의 배경이다. 당시 그리스도교는 여성해방이나 성적 해방, 지적 해방을 과제로 삼지 않았다. 19세기 덴마크 여성은 코트십에서 수동적인, 성애에 무관심한 비성적인 존재여야 했다. '밝히는' 여성은 손가락질의 대상이었다. 결혼 전에 성관계를 한 여성은 사회적으로 곤란한 처지에 놓였다.

여성의 혼전 순결에 대해 요하네스는 다음과 같이 말한다.

· 타자를 위한 존재로서의 여성은 순결한 처녀성을 통해서 특징지어진다. 즉 처녀성이란, 그것이 자신을 위한 존재인 한, 하나의 추상적 개념이며 타자를 위해서만 자기 자신을 드러내는 하나의 존재다.
· 여자란 모름지기 모든 것을 주어버리고 나면 약해질뿐더러 모든 것을 잃는 것이다. 남자의 경우 순결이란 부정적 요소이지만 여자에게 순결이란 그 존재의 실질적 요소다.

목적을 달성한 요하네스는 코델리아를 버린다. 코델리아 스스로 파혼을 요구하게 유도한다. 언제나처럼 요하네스는 다음과 같은 결론으로 되돌아간다. "여자의 눈물과 애원만큼 혐오스러운 것은 없다. 여자의 눈물과 애원은 모든 것을 바꾸어놓기는 하지만 본질적으로 무의미한 것이다. 나는 그녀를 사랑했다. 그렇지만 지금부터 그녀는 더이상 내 마음속에 없다."

『유혹자의 일기』는 자전적이다. 요하네스와 키르케고르의 삶에는 겹치는 부분이 있을 것이다. 1840년 키르케고르는 스물일곱 살 때 레기네 올센에게 청혼했다가 1841년에 파혼했다.『이것이냐, 저것이냐』 집필 직전이었다. 파혼 이유는 자신의 우울증이 결혼생활에 미칠 악영향 때문이었다. 하지만 키르케고르는 평생 레기네와 좋은 관계를 유지했다. 레기네는 키르케고르의 창의성에 영감을 주는 뮤즈였다.

19세기와 21세기 남성을 비교하면 얼마나 달라졌을까. 요하네스는 당시 기준으로 극단적인, 이해할 수 없는 인물이었다. 『유혹자의 일기』는 당시에도 인기와 분노를 동시에 샀다.『유혹자의 일기』와 키르케고르의 생각이 일치한다고 보기는 어렵다. 어쩌면 그는 윤리와 종교, 분리된 심미적 사랑의 폐해나 한계를 드러내려 했는지도 모른다.

비평가들은 키르케고르가『유혹자의 일기』에서 소크라테스의 산파술産婆術을 사용했다고 지적한다. 사랑에 대한 소크라테스와 키르케고르의 관점을 비교할 필요가 있다. 플라톤이 쓴『향연』에서 소크라테스는 이렇게 말한다. "내가 아는 유일한 것은 사랑의 기예다." 자신이 무지하다는 것을 알기에 유일한 현자가 된 소크라테스가 한 말치고는 파격적이다.

『향연』에 나타난 사랑에 대한 소크라테스의 관점을 요약하면 이렇다. 사랑은 욕구의 한 종류다. 사람은 자신에게 결핍된 것을 갖고 싶어하고 가진 것을 유지하고 싶어한다. 행복을 목표로 하는 사람이 진정 사랑하는 것은 아름다움보다는 선함이다.

사람은 아름다움에 끌리지만 사랑은 아름다움보다는 선함, 덕과 더 관계가 깊다. 사람은 선함을 일시적으로가 아니라 영원히 갖고 싶어한다. 뭔가를 영원히 갖고 싶어하는 것은 필멸인 인간이 불멸을 추구하기 때문이다.

필멸인 인간이 불멸을 얻는 방법은 두 가지다. 자식을 낳는 것과 영원한 예술·지식 같은 것을 낳는 것이다. 지혜를 사랑하는 철학자가 된다는 것은 지식이라는 자식을 낳는 것을 업으로 삼는 것이며 불멸에 동참하는 길이다.

키르케고르와 소크라테스 모두 사랑을 미의 관점에서 이해하는 데 한계가 있다고 주장한다. 키르케고르는 사랑에 종교가, 소크라테스는 사랑에 철학이 필요하다고 본 듯하다. 과연 그럴까. 사랑을 사랑 그 자체만으로 독립적인 실체로 볼 수는 없을까.

키르케고르 일생

1813년	덴마크 코펜하겐에서 출생
1840년	레기네 올센과 약혼
1841년	레기네 올센과 파혼
1843년	『이것이냐, 저것이냐』 발표
1855년	코펜하겐에서 사망

18

Lettres d'Abélard et Héloïse

18

아벨라르와 엘로이즈의
『편지』

남편이 거세되는 불행에도
부부의 사랑은 불멸이었다.

예수는 결혼에 대해 신약성경에서 다음과 같이 말했다('성경'은 결혼에 대해 다양하게 서술하고 있다. 편향되지 않게 종합적으로 판단해야 할 필요가 있다).

처음부터 결혼하지 못할 몸으로 태어난 사람도 있고 사람의 손으로 그렇게 된 사람도 있고 또 하늘나라를 위하여 스스로 결혼하지 않는 사람도 있다. 이 말을 받아들일 만한 사람은 받아들여라.

-공동번역 『마태오 복음서』 19:12

여기서 "결혼하지 못할 몸으로 태어난 사람"은 순화된 표현이다. 원래는 "생식 기관이 불완전한 남자", 즉 고자鼓子다. 우리말 개역 한글 성경, 개역 개정 성경, 새 번역 성경, 영어 성경인 킹제임스성경KJV, 새국제판성경NIV, 새미국표준성경NASB도 고자eunuch로 나온다. 『마태오 복음서』 19장 12절은 '신의 나라'를 위해 독신이 되는 사람도 있다는 뜻을 담고 있다. 그리스도교 교부인 오리게네스는 이 성경 구절을 너무나 중시한 나머지 스스로 거세했다.

사도 바울은 '신의 나라'를 위해 살려면 독신이 좋지만 아무나 독신이 될 수 있는 것은 아니라고 본 것 같다. 신의 은총이 필요하다는 것이다. 그는 다음과 같이 말했다.

이 말은 명령이 아니라 충고입니다. 나는 모든 사람이 다 나처럼 살기를 바랍니다. 그러나 사람마다 하느님께로부터 받는 은총의 선물이 각각 다르므로 이 사람은 이렇게 살고 저 사람은 저렇게 삽니다. 결혼하지 않은 사람들과 과부들에게는 나처럼 그대로 독신으로 지내는 것이 좋겠다고 말하고 싶습니다. 그러나 자제할 수 없거든 결혼하십시오. 욕정에 불타는 것보다는 결혼하는 편이 낫습니다.

－공동번역『고린토인들에게 보낸 첫째 편지』 7:6~9

그리스도교 역사에서 오리게네스만큼 유명한 피에르 아벨라르는 거세당한 경우다. 아벨라르는 중세 최고의 신학자 중 한 명이다. 그는 엘로이즈라는 여성 제자와 부적절한 관계를 맺었다. 엘로이즈의 숙부가 아벨라르를 거세했다. 아벨라르와 엘로이즈는 사랑의 역사에 불멸의 이름을 남겼다. 그들이 주고받은『편지Lettres d'Abélard et Héloïse』의 영문판(1974) 서문에 따르면 둘의 사랑은 단테와 베아트리체, 로미오와 줄리엣만큼 유명하다.

아벨라르는 당시 프랑스의 변방인 브르타뉴의 하급 귀족 집안에서 태어났다. 장남으로 태어났기에 기사 작위를 물려받아 편히 살 수 있었다. 하지만 동생에게 양보하고 철학자가 되기 위해 1100년 파리로 갔다. 아리스토텔레스의 논리학으로 무장한 그는 스승들까지 이내 능가했다. 당대 최고의 학자가 되었다. 스콜라 철학의 아버지 중 한 명이 되었다. 수천 명의 학생이 그의 강의를 듣기 위해 구름처럼 몰려들었다. 아벨라르는 파리대학의 창립자 중 한 사람이라고도 볼 수 있다. 그를 비롯한 명강사들이 파리대학의 기원이기 때문이다. 유럽의 여러 대학이 파리대학을 벤치마킹했기 때문에 아벨라르는 '유럽 고등교육의 아버지'라고 해도 지나친 말이 아니다.

아벨라르는『에티카Ethica』에서 선과 악을 결정하는 것은 행위의 결과가 아니라 의도라는 의도주의intentionalism 학설을 제시했다.『내 고통 이야기Historia Calamitatum』(1132경)라는 짧은 자서전에서는 자신이 겪은 고통을 적었다. 아벨라르가 겪은 고통 중에는 재능이 너무 뛰어나 시기의 대상이 되는 고통과 더불어 사랑의 고통도 포함되어 있다.

엘로이즈와 아벨라르는 1115년에서 1117년쯤에 만났다. 그때 엘로이즈는 10대 후반이거나 20대 초반이었다. 현대 연구가들은 20대 초반이었다고 본다. 엘로이즈가 남긴 편지에 보면 둘이 헤어졌을 때 엘로이즈는 스물두 살이었다.

엘로이즈에게는 그를 애지중지하는 숙부 퓔베르가 있었다. 퓔베르는 파리대학 성당의 참사회원이었다. 퓔베르의 보호와 후견 속에 엘로이즈는 당대 최고의 명망 있는 지식인으로 성장했다. 엘로이즈는 라틴어와 그리스어, 히브리어에 능통했다.

아벨라르는 퓔베르에게 엘로이즈의 가정교사를 제안했다. 앙큼한 속셈이 있었다. 프랑스에서 학문적으로 가장 유명한 여성인 엘로이즈를 유혹해보겠다는 욕심이었다. 입주 가정교사가 된 아벨라르는 엘로이즈에게 사랑만 가르친 것이 아니었다. 아벨라르에게 의학을 배운 엘로이즈는 훗날 수녀원 원장으로 있을 때 의사로서의 명성을 떨쳤다.

15년에서 20여 년의 나이 차이에도 두 사람은 뜨겁게 사랑했다(생몰 연대에 대해 이견이 많아 두 사람이 실제로 몇 살 차이였는지는 알 수 없다). 이때를 아벨라르는 다음과 같이 회상했다.

장 비노, 〈퓔베르 주교에게 발각된 아벨라르와 엘로이즈〉, 1819년.

중세 최고의 신학자 중 한 명인 아벨라르는 퓔베르 주교의 조카딸 엘로이즈의 가정
교사로 처음 만나 두 사람은 사랑에 빠졌다. 비밀리에 결혼했으나 이 사실을 알게 된
퓔베르 주교는 아벨라르를 거세했다. 이후 각자 수도자의 길을 걷게 되었고 그들이
주고받은 편지는 문학의 한 일부가 되었다. 아벨라르와 엘로이즈의 유골은 1817년
파리에 있는 페르라셰즈 묘지로 이장되었다.

· 엘로이즈에게 사랑을 가르치는 기쁨은 세상의 모든 향수의 방향芳香을 능가했다.

· 교육이란 구실하에 우리는 완전히 사랑에 몰두했다. 교육을 구실로 사랑에 필요한 별실이 제공되었다. 펼쳐진 책을 앞에 두고 철학 공부보다는 사랑 이야기를 더 많이 했고, 학문 설명보다는 입맞춤이 더 빈번했으며, 내 손은 내 책으로 가는 일보다 더 자주 그녀의 가슴으로 갔다. 사랑은 두 사람의 눈이 교과서의 문자 위를 더듬게 하지 않고 서로의 눈망울 속에 머물게 했다.

만난 지 1년 안에 많은 일이 숨 가쁘게 벌어졌다. 엘로이즈는 아들을 출산했다(아들 아스트랄라브가 나중에 어떻게 되었는지는 알 수 없다). 두 사람은 비밀리에 결혼했다. 아벨라르가 엘로이즈를 버리려 한다고 오해한 퓔베르는 아벨라르를 거세했다. 퓔베르는 아벨라르의 하인을 매수하고 악당 네 명을 고용하여 거세를 감행했다. 당시 여성들은 마치 남편을 잃은 것처럼 슬퍼했다고 전한다. 질녀에 대한 이런 퓔베르의 집착에 대해 어떤 학자들은 퓔베르가 엘로이즈의 친부였거나 엘로이즈를 여성으로서 사랑했을 가능성을 제기했다.

성직자의 독신은 가톨릭의 '교리'가 아니라 전통이나 규율이다. 당시 교회는 성직자의 독신을 강화하고 있었다. 특히 고위 성직자가 되려면 독신이어야 하는 방향으로 정리되고 있었다.

두 사람이 결혼하면 아벨라르의 '출세'는 물 건너갈 가능성이 컸다. 아벨라르는 비밀 결혼을 구상했고 엘로이즈는 당차게도 아예 결혼하지 말자고 주장했다. 거세 사건으로 결혼은 무의미해졌다. 아벨라르와 엘로이즈는 각자 수도자의 길을 걷게 되었다.

아벨라르와 엘로이즈가 헤어지고 12년 후 아벨라르는『내 고통 이야기』를 썼다. 1132년경 책을 접한 엘로이즈는 아벨라르에게 편지를 보냈다. 이후 두 사람은 편지를 주고받았다. 그들의 편지는 1616년에 책으로 출간되었다.『편지』는『내 고통 이야기』, 아벨라르가 엘로이즈에게 보낸 편지 네 통, 엘로이즈가 아벨라르에게 보낸 편지 세 통으로 구성되었다.

『편지』는 밸런타인데이 선물로도 인기 있다. 사랑과 종교에 대해 중세 최고의 남녀 지식인이었던 그들이 어떤 생각을 하고 있었는지 알려주는 귀중한 문헌이다.『편지』의 전반부는 사랑, 후반부는 성경과 수도자생활, 윤리적 문제를 다루고 있다.

『편지』는 뜨거운 논란을 불러일으켰다. 일부 학자들은 책 전체가 위작이라고 주장했다.『편지』전체를 아벨라르가 모두 썼다는 주장도 있다. 엘로이즈가 아벨라르에게 강간당했다는 주장도 있다. 뜨거운 논란 끝에 전통적인 해석으로 돌아갔다. 아벨라르가 거세 이전에 두 사람이 주고받은 113통의 편지 일부도 1980년대에 발견되었다. 역시 저자에 대한 논란이 있다.

엘로이즈와 아벨라르가 쓴 편지들이 어떻게 시작되는지를 보면 두 사람이 서로의 관계를 어떻게 이해했는지 드러난다. 또 예수가 그들의 사랑에 어떻게 녹아들어갔는지 알 수 있다. 엘로이즈가 보낸 첫번째 편지는 이렇게 시작한다. "내 주인 또는 차라리 아버지, 내 남편 또는 차라리 오빠인 아벨라르에게. 그의 여종 또는 차라리 딸, 그의 아내 또는 차라리 여동생인 엘로이즈가." 답신으로 아벨라르가 엘로이즈에게 보낸 첫번째 편지는 "그리스도 안에서 내가 지극히 사랑하는 엘로이즈에게, 그리스도 안에서 엘로이즈의 오빠인 아벨라르로부터"로 시작한다.

이에 대한 답신인 엘로이즈의 두번째 편지는 "그리스도 다음으로 내게 유일한 당신에게, 그리스도 안에서 당신에게 유일한 내가"로 시작한다. 아벨라르의 답신은 이렇게 시작한다. "그리스도의 신부에게, 그리스도의 종복으로부터." 『편지』에는 아벨라르의 '신앙 고백'이 포함된다. 자신을 이단으로 단죄하는 사람들에게 자신의 신앙은 정통 신앙이라고 확실히 해둘 필요가 있었던 것 같다. 그는 두 번이나 이단으로 정죄되었고 삼위일체에 대한 그의 책은 불살라졌다. '신앙 고백'은 이렇게 시작한다. "한때 세상 안에서 내게 소중했으며 지금은 그리스도 안에서 내게 가장 소중한 내 여동생 엘로이즈여."

『편지』가 보여주는 엘로이즈는 급진적인 페미니스트 철학자다. 그는 그리스도교 페미니즘의 기원으로 인정된다. 엘로이즈는『편지』에서 자신이 바란 것은 오로지 아벨라르이지, 결혼이 아니었다고 명백하게 밝히고 있다. 엘로이즈는 황후가 되기보다는 아벨라르의 정부, 심지어는 창부가 되겠다고 고백했다. 엘로이즈에게 아내라는 타이틀이나 결혼은 중요하지 않았다. 그는 결혼이 일종의 '성매매 계약'이라는 파격적인 주장을 했다. 여성에게 열린 길은 주부, 수녀, 성매매 여성밖에 없는 시대였다. 그런 시대에 엘로이즈는 '오직 사랑'을 외친 것이다.

엘로이즈의 결혼관은 그의 첫번째 편지에 이렇게 나온다. "사람의 가치는 재물이나 권력에 달린 것이 아니다. 사람의 재물과 권력은 행운이 결정하지만, 사람의 가치는 공적이 결정한다. 가난한 남자보다는 부자인 남자와 더 기꺼이 결혼하는 여자는, 그리고 남편을 남편 그 자체보다는 그의 재물을 보고 원하는 여자는 그 자신을 팔겠다고 내놓은 것이다."

『편지』에 나타난 엘로이즈의 고백은 놀랍도록 솔직하다. 그는 이렇게 말한다. "사람들은 내가 순결하다고 말한다. 그들은 내가 위선자라는 것을 모른다. 미사 중에도 아벨라르와 나눈 쾌락의 음탕한 영상이 불행한 내 영혼을 사로잡는다. 나는 기도가 아니라 음란한 생각을 하게 된다."

엘로이즈는 아벨라르에게 보낸 첫번째 편지에서 그동안 왜 연락이 없었는지를 물으며 "당신이 내게 집착하게 만든 것은 애정이 아니라 욕정, 사랑이 아니라 성욕의 불꽃이었다"라고 몰아세

운다. 아벨라르는 엘로이즈의 추궁에 변명하지 않는다. 자신이 엘로이즈를 진정으로 사랑하지 않았다는 것, 엘로이즈는 욕정의 대상이었을 뿐이었기에 두 사람의 관계는 죄라고 정리해버린다. 왜 그랬을까. 아벨라르는 엘로이즈가 과거에 사로잡히지 않고 수도생활에 전념하기를 바란 것 같다.

엘로이즈와 아벨라르는 헤어진 뒤 단 한 번 파리에서 잠시 마주친 적이 있다. 두 사람이 부부로 살았다면 어떻게 되었을까. 엘로이즈가 아벨라르를 순화시켰을 것이다. 아벨라르는 도처에 적을 만드는 특별한 재주를 타고난 인물이었다. 반면 엘로이즈는 모든 사람과 잘 지냈다고 한다. 성직자들과 민중이 그를 사랑했다. 하지만 엘로이즈의 목숨을 호시탐탐 노리는 사람들이 있었다. 12세기 유럽은 문명과 야만이 혼재하는 지역이었고 그야말로 법은 멀고 주먹과 칼이 가까운 시대였다.

엘로이즈는 아벨라르보다 20여 년을 더 살았다. 합장하려고 관을 열었을 때 아벨라르의 유해가 엘로이즈를 안기 위해 팔을 벌렸다는 설이 전해진다. 두 사람의 사랑에 감동한 황후 조제핀 보나파르트의 명으로 1817년 두 사람은 파리 20구에 있는 페르라셰즈 묘지로 이장되었다. 그들의 무덤은 연인들의 성지다.

비문碑文에는 다음과 같은 내용이 포함되었다. "그들이 살아 있을 때 그들의 영혼을 하나로 결합시켰으며, 그들이 헤어져 있을 때 가장 다정하고 가장 영적인 편지로 보존되었던 사랑이 그들의 육신을 이 무덤 안에서 재결합시켰다."

아벨라르와 엘로이즈 일생

1079년	아벨라르 브르타뉴에서 출생
1101년	엘로이즈 파리에서 출생
1100년	아벨라르 파리 입성
1115~1117년경	엘로이즈, 아벨라르와 처음 만남
1132년	아벨라르 『내 고통 이야기』 출간
1142년	아벨라르 부르고뉴에서 사망
1164년	엘로이즈 노장슈르센에서 사망

19

19

엘리자베스 배럿 브라우닝의
『포르투갈 소네트』

늦은 만큼 뜨거웠네,
불멸의 시로 남은 불꽃 사랑

영어 한 단어를 우리말로는 여러 단어로 표현해야 하는 경우가 많다. 예컨대 『메리엄웹스터사전』에 따르면 'elopement'의 뜻은 "보통 부모의 승낙 없이 결혼할 의향으로 몰래 달아나다"이다. 최대한 줄이면 '사랑의 도피' '애인과 달아나기'다.

세계문학사에서 가장 유명한 '사랑의 도피' '야반도주' 사건은 단연 엘리자베스 배럿 브라우닝과 로버트 브라우닝이 주인공이다. 두 인물을 『표준국어대사전』은 이렇게 소개한다. 먼저 엘리자베스 배럿 브라우닝은 이렇게 나와 있다. "영국의 시인 (1806~1861). 로버트 브라우닝의 아내로 작품에 시집 『포르투갈인이 보낸 소네트』 따위가 있다." 그리고 로버트 브라우닝은 이렇게 소개되어 있다. "영국의 시인(1812~1889). 테니슨과 함께 빅토리아 시대를 대표하는 시인으로, 광범위하게 제재를 구하고, 강건하고 활달한 시풍을 보였다. 작품에 무운시無韻詩「반지와 책」이 있다."

조금 아쉬운 소개다. 엘리자베스에 대해 "로버트 브라우닝의 아내"라고 했으나 로버트 브라우닝 항목에서는 '엘리자베스 배럿 브라우닝의 남편'이라고 하지 않은 점이다.

지금은 몰라도 당시에는 엘리자베스가 더 유명했다. 영국의 계관시인 윌리엄 워즈워스가 1850년에 사망하자 그 자리를 이을 사람으로 두 명이 유력 후보로 떠올랐다. 앨프리드 테니슨과 엘리자베스 배럿 브라우닝이었다. 결국 테니슨이 월계관을 차지했다. 여성으로서 영국 최초로 10년 임기 계관시인 자리를 차지한 시인은 캐럴 앤 더피다.

엘리자베스는 여섯 살 또는 여덟 살부터 시를 썼다. 간단한 시구는 네 살 때에도 만들었다. 여섯 살부터 소설을 읽기 시작했고 영국사, 서양 고대사, 셰익스피어를 두루 섭렵했다. 이탈리아어, 라틴어, 그리스어 원전을 읽었다. 구약성경을 원전으로 읽기 위해 열 살부터 히브리어를 배웠다. 거의 독학으로 이룬 학력이었다.

미국의 시인·소설가·평론가 에드거 앨런 포는 『갈가마귀와 다른 시들The Raven and Other Poems』(1845)을 엘리자베스에게 헌정했다. 미국의 천재 시인 에밀리 엘리자베스 디킨슨은 엘리자베스의 초상화를 침실에 걸어두고 그를 롤모델로 삼았다.

엘리자베스와 로버트의 사랑은 어떻게 시작되었을까. 복기復棋해보면 모든 사랑은 운명적이라는 것이 재확인된다.

엘리자베스는 『시Poems』(1844)에서 로버트를 칭찬했다. 그 사실을 알게 된 로버트는 1845년 1월 이렇게 시작되는 편지를 엘리자베스에게 보냈다. "나는 내 온 마음을 다해 당신의 시를 사랑합니다. 친애하는 미스 배럿이여…… 그리고 나는 당신도 사랑합니다."

엘리자베스는 이렇게 답장을 보냈다. "친애하는 브라우닝 씨, 내 마음 가장 깊은 곳으로부터 진심으로 감사합니다." 이후 두 사람은 20개월 동안 573통의 연서를 주고받았다.

엘리자베스와 로버트는 양쪽 지인의 소개로 1845년 5월 20일 엘리자베스의 방에서 만났다. 1846년 9월 12일 세인트 매릴번 사목구 성공회 성당에서 엘리자베스의 아버지 모르게 결혼할 때까지 91차례 만났다. 두 사람은 결혼식 일주일 뒤 이탈리아로 사랑의 도피 행각을 감행했다. 분노한 아버지는 죽을 때까지 엘리자베스를 용서하지 않았고 그의 상속권을 박탈했다.

엘리자베스는 8남 4녀 중 첫째로 태어났다. 아버지는 모든 자식의 결혼을 금했다. 오늘의 관념으로는 조금 이상하다. 하지만 엘리자베스의 아버지는 '독재자'가 아니라 자식들을 진정으로 사랑한 자상한 아버지였다는 학자들의 주장도 있다.

엘리자베스와 로버트는 성공회 성당에서 결혼했기에 두 사람은 다음과 같은 혼인 서약을 했을 것이다.

나 (아무개)는, 그대 (아무개)를, 배필로 맞이하며, 오늘부터 죽음이 우리를 갈라놓을 때까지, 더 좋을 때나 더 나쁠 때나, 더 부자일 때나 더 가난할 때나, 아플 때나 건강할 때나, 변함없이 그대를 사랑하고 보살피며, 하느님의 거룩하신 뜻에 따라, 부부로 살아갈 것을 약속합니다.

혼인의 맹세를 지키는 것이 쉬운 사람이 있을까. 브라우닝 부부는 실제로 혼인 서약대로 살았다. 그 첫 결실은 엘리자베스의 시집 『포르투갈 소네트Sonnets from the Portuguese』의 탄생이었다. 영문학사에서 가장 유명한 사랑의 시집이다. 구애 기간에 엘리자베스가 로버트를 생각하며 쓴 44편의 시다. 1845년에서 1846년에 쓴 이 시들을 1847년에 남편에게 보여주었다. 남편에게 주는 일종의 선물이었다. 남편은 출간을 바랐지만 엘리자베스는 사적인 내용이라 출간을 꺼렸다. 남편이 아이디어를 냈다. 포르투갈어로 된 시에서 번역한 것처럼 '위장'하자는 것이었다. 결국 엘리자베스의 출세작인 『시』의 개정판(1850)에 실었다.

'Sonnets from the Portuguese'에는 이중 의미가 있다. '포르투

갈인이 보낸 소네트'나 '포르투갈 말에서 옮긴 소네트'로 번역할 수 있다. 이 글에서는 '포르투갈 소네트'로 두 의미를 통합했다. 엘리자베스는 「카타리나가 카몽이스에게Catarina to Camoens」라는 시를 썼다. 루이스 바스 드 카몽이스는 포르투갈 최고의 시인이다. 이 시를 읽은 남편이 아내를 "내 작은 포르투갈 아가씨"라는 애칭으로 불렀던 것이다.

『표준국어대사전』은 소네트를 이렇게 설명한다. "14행의 짧은 시로 이루어진 서양 시가. 각 행을 10음절로 구성하며, 복잡한 운韻과 세련된 기교를 사용한다. 13세기에 이탈리아에서 발생하여 단테와 페트라르카에 의하여 완성되었으며, 셰익스피어·밀턴·스펜서 등의 작품이 유명하다."

당시까지만 해도 소네트 작시作詩는 남자 시인들의 전유물이었다. 『포르투갈 소네트』의 문학사적 가치는 소네트 형식으로 여성의 입장에서 사랑 초기의 '밀고 당김'을 다룬 데 있다.

『포르투갈 소네트』는 불혹에 갑자기, 또 뒤늦게 찾아온 사랑에 대한 여인의 심정, 감정 변화를 그린다. 엘리자베스의 나이는 마흔이었다. 사랑 고백에 감사하면서도, 자신이 6년 연상인데다가 건강 문제가 있어서 로버트에게 짐이 되지 않을까 걱정했다. '소네트 6번'에서는 "내게서 떠나가십시오, 하지만 나는 앞으로도 그대의 그림자 속에 서 있을 것이라 느낍니다"라고 했다. 엘리자베스는 점차 정열적으로 변했다. 그의 초기 작품인 「사랑Love」에 나오는 사랑은 논리적이고 일반적이며 추상적이다. 개인적인 뜨거운 사랑 체험은 없다. 하지만 『포르투갈 소네트』에 나오는 사랑은 유행가 가사만큼이나 정열적이다. 첫 키스의 달콤함을 노래했다. 실은 입술이 아니라 손가락에 한 첫 키스였다.

『포르투갈 소네트』에서 가장 유명한 시는 '소네트 43번'이다. 결혼식에서 단골로 낭독된다.

내가 그대를 어떻게 사랑하느냐고요? 그 방법들을 헤아려보겠습니다.

보이지 않는 존재와 완벽한 은혜의 끝을 어루더듬을 때,

내 영혼이 닿을 수 있는 깊이와 넓이와 높이까지

그대를 사랑합니다.

햇빛 속에서나 촛불 속에서나,

나 그대를 일상의 가장 조용한 욕구 수준에서도 사랑합니다.

사람들이 권리를 얻으려고 애쓰듯이, 나는 그대를 자유로이 사랑합니다.

그들이 칭찬 따위는 외면하듯이, 나는 그대를 순수하게 사랑합니다.

나의 오랜 슬픔을 이기는 데 쓸모 있던 정열,

그리고 내 어릴 적 믿음으로 나 그대를 사랑합니다.

나는 그대를 내가 성자들의 믿음을 잃어버리면서

피비 애나 트러퀘어, 『포르투갈 소네트』 '소네트 30번'의 채색본, 1896년.

『포르투갈 소네트』는 엘리자베스가 로버트를 생각하며 소네트 형식으로 여성의 입장에서 사랑 초기의 설렘, 두려움 등을 담은 44편의 연애시다. 영문학사에서 가장 유명한 사랑의 시집으로 그중 가장 유명한 시는 '소네트 43번'이다.

잃어버린 줄 알았던 사랑으로 사랑합니다.

내 삶 전체의 숨결과 미소와 눈물로 나는 그대를 사랑합니다!

그리고 만일 하느님이 선택하신다면,

나는 죽은 후에도 그대를 더 많이 사랑할 것입니다.

다음은 영어 원문이다.

How do I love thee? Let me count the ways.

I love thee to the depth and breadth and height

My soul can reach, when feeling out of sight

For the ends of Being and ideal Grace.

I love thee to the level of every day's

Most quiet need, by sun and candlelight.

I love thee freely, as men strive for Right;

I love thee purely, as they turn from Praise.

I love thee with the passion put to use

In my old griefs, and with my childhood's faith.

I love thee with a love I seemed to lose

With my lost saints — I love thee with the breath,

Smiles, tears, of all my life — and, if God choose,

I shall but love thee better after death.

한마디로 '하늘만큼, 땅만큼' 사랑한 것이다. 결혼한 다음에도 부부는 '영원히 행복하게 살다live happily ever after'라는 관용구처럼 살았을까. 그랬다. 15년간의 결혼생활은 행복했다. 집안에 웃음소리가 끊이지 않았다. 서로 둘도 없는 말동무였다. 서로 사랑했고 서로의 시를 사랑했다. 서로의 시에 영향을 주고받았다. 엘리자베스가 강신론降神論에 심취한 것과 정치적 입장 차이 같은 '마찰'은 있었다.

열다섯 살에 크게 다친 엘리자베스는 당시로서는 병명 파악조차 안 되는 중병에 걸렸다. 척추를 다쳐 잘 걷지 못했다. 나중에는 폐 질환을 앓았다. 아편이 들어 있는 약물을 복용해야 했다. 원래 뛰어난 감수성이 약물 때문에 증폭되었다는 주장도 있다. 다섯 차례에 걸친 임신 중에는 아편을 끊고 버텼다. 1849년 외아들 펜이 태어났다. 마흔세 살에 초산을 했던 것이다. 아들을 낳기 전 1847년, 1848년과 출산 후 1849년, 1850년에는 유산했다.

결혼 직전과 결혼 이후 몸 상태가 호전되었지만 1856년 이후에는 건강이 악화되었다. 엘리자베스는 남편에게 파티에 참석하는 등 사회생활을 하라고 독려했다. 엘리자베스는 1861년 6월 29일 남편의 품에서 세상을 떠났다.

부부는 꼭 껴안고 잠자리에 들었다. 새벽 3시에 깨어난 엘리자베스는 "나의 로버트, 나의 하늘, 나의 연인이여…… 우리의 삶은 하느님이 쥐고 있어요"라고 했다. "편안해요?"라고 남편이 묻자 아내는 "뷰티풀"이라고 답했다. 아내가 남긴 마지막 말이었다. 로버트는 아내 사별 후 28년을 더 살았으나 재혼은 하지 않았다.

엘리자베스의 친정은 1655년부터 자메이카에서 사탕수수 농장을 경영했다. 엘리자베스는 자신의 조상 중에 흑인도 있다고 생각했다. 아버지 때 영국으로 돌아왔다. 엘리자베스는 배럿 가문에서 200여 년 만에 영국에서 처음 태어난 자식이었다.

엘리자베스는 노예제와 아동노동에 반대했다. 이탈리아 통일에 찬성했다. 시원적 페미니즘 작품인 『오로라 리Aurora Leigh』(1856)는 일과 사랑을 모두 쟁취하는 강한 여성이 주인공이다.

엘리자베스와 로버트 브라우닝 일생

1806년	엘리자베스 배럿 잉글랜드에서 출생
1812년	로버트 브라우닝 런던에서 출생
1844년	엘리자베스 『시』 발표
1845~1846년	573통의 연서를 주고받음
1846년	결혼
1849년	외아들 펜 탄생
1856년	엘리자베스 『오로라 리』 발표
1861년	엘리자베스 피렌체에서 사망
1889년	로버트 베네치아에서 사망

20

De l'Amour

20

스탕달의
『사랑에 대하여』

백작부인에게 퇴짜 맞고
울다 쓰다 울다 썼다.

사랑에 눈이 멀면 곰보 자국이 보조개로 보인다. 결점이 장점으로 보인다. 사랑의 유효기간에 대해 '몇 년 설'과 '몇 달 설'이 있다. 사랑의 유효기간이 지나면 결점이 결점으로 보인다. 장점마저 결점으로 보일지도 모른다. 유효기간 없는 영원한 사랑 속에 푹 빠져 행복하게 살 수는 없는 것일까.

사랑과 행복의 관계는 복잡하다. 선택이 필요하다. '이루어질 수 없는 사랑'은 한 인간을 평생 무기수 사랑의 노예로 만들 수 있다. 그에게 사랑은 영원하지만 사랑을 성취하지 못했기에 그는 불행하다. 반면 결혼으로 사랑을 일단 성취했기에 결혼 후 사랑은 조금 식었지만 '아들딸 많이 낳고 잘사는 행복'을 누리는 사람도 있다.

발자크, 플로베르와 함께 19세기 프랑스 문단을 대표하는 스탕달의 본명은 마리앙리 벨이다. 스탕달은 『적과 흑』(1830)과 『파름의 수도원』(1839)으로 유명하다. 스탕달은 마리앙리 벨이 사용한 170여 개의 필명 중 하나다.

스탕달이 스스로 지은 묘비명은 "앙리 벨, 밀라노 사람: 그는 살았고 글을 썼으며 사랑했다"이다. 영어로는 "Henri Beyle, Milanese: he lived, wrote, loved"이다.

스탕달은 자신이 쓴 최고의 작품은 『사랑에 대하여 De l'Amour』(1822)라고 생각했다. 『사랑에 대하여』는 우리말로 '연애론'으로 번역하기도 한다.

스탕달은 『사랑에 대하여』를 쓸 때 몇 줄 쓰다가 울고, 다시 몇 줄 쓰다가 울고를 반복했다 한다. 지극히 감성적인 사람이었다. 예술 작품을 보고 감격한 나머지 심하게 흥분하거나 어지러움을 느끼고, 심하면 환각을 경험하는 증상을 '스탕달 증후군'이라고 부를 정도다. 스탕달은 이탈리아 피렌체에 있는 성십자가성당의 예술품을 보고 나오다가 무릎에 힘이 빠지며 탈진했다 한다.

사랑의 종류는 무한하다. 고대 그리스 로마 시대에는 여덟 가지 사랑이 인식되었다. 스탕달이 생각하기에 사랑의 종류는 네 가지다.

첫째, 먼저 최고의 사랑인 '열정적인 사랑'이다. 열정적인 사랑을 대표하는 인물은 장자크 루소의 연애소설 『신엘로이즈』(1761)의 여주인공 쥘리 데탕주다. 둘째, '취미적인 사랑'이다. 이는 당시 프랑스 상류 사회에서 유행했던 사랑이다. 장난삼아 하는, 게임처럼 하는 연애다. 열정이 없는 연애다. '취미적인 사랑'에 대해 스탕달은 이렇게 말했다. "상류 사회에 존재하는 사랑은 결투에 대한 사랑 또는 도박에 대한 사랑이다." 셋째, 오로지 섹스의 쾌락만을 추구하는 '육체적인 사랑' 그리고 넷째, '허영적인 사랑'이다.

스탕달은 자신의 주 관심사인 '열정적 연애'가 7단계로 구성된다고 주장했다.

1단계, '감탄'이다.

2단계, "그녀에게 키스하고 그녀의 키스를 받으면 얼마나 좋을까"를 생각한다. 하지만 스탕달은 사랑의 열정에서 키스 이전에 손을 잡는 것이 더 중요하다고 본 듯하다. 그는 이렇게 말한다. "사랑이 줄 수 있는 최대의 행복은, 사랑하는 사람의 손을 처음으로 잡는 일이다." "사랑하는 여성의 손을 처음 잡는다는 것을 그 무엇과 비교할 수 있을 것인가."

3단계, '희망'이다. 희망 단계에 대해 스탕달은 이렇게 말했다. "사랑을 낳기 위해서는 아주 작은 양의 희망으로도 충분하다. 하루나 이틀 후에 희망이 절망에 자리를 내주더라도 미량의 희망으로 시작한 사랑은 끊임없이 지속될 것이다."

4단계, '사랑의 탄생' 단계다.

5단계, 제1 '결정작용crystallization'이 시작된다. '결정작용'은 스탕달의 연애론의 핵심이다. 결정작용에 대해 스탕달은 이렇게 말한다. "결정작용이라고 부르는 것은 눈앞에 나타나는 모든 것으로부터 사랑하는 상대방의 새로운 아름다움을 발견하는 정신의 활동이다." "사랑에 빠진 남자는 '참다운 미' 따위는 거들떠보지도 않고 연인을 그 모습 그대로 아름답다고 생각하게 된다." "결정작용은 사랑의 전 과정을 통해 끊임없이 지속된다." "일단 결정작용이 시작되면 여러분은 여러분이 사랑하는 사람의 새로운 아름다움을 발견하는 큰 기쁨을 누리게 된다." "결정작용은 평범한 남자에게는 생기지 않는다."

6단계, 의혹이 발생한다. 의혹의 단계를 스탕달은 이렇게 기술한다. "남녀에게 사랑이 탄생하는 방식이 다른 이유는 남녀에게 희망의 본질이 다르다는 데서 비롯된다. 한쪽은 공격하고 다른 한쪽은 방어한다. 한쪽은 요구하고 다른 한쪽은 거부한다. 한쪽은 대담하고 다른 한쪽은 수줍다. 남자는 궁금하다. '나는 그녀를 기쁘게 할 수 있을까. 그녀가 나를 사랑할까.' 여자는 생각한다. '그 사람은 나를 사랑한다고 했지만 농담은 아닐까. 그는 믿을 만할까. 나에 대한 그의 사랑이 얼마나 갈지 그 자신은 정말 알고 있는 것일까.'"

올로프 요한 쇠데르마르크, 〈스탕달〉, 1840년.

스탕달은 '스탕달 증후군'이라는 말이 생길 정도로 지극히 예민했다. 사랑지상주의
자였던 그는 로맨티시즘이 모든 시대의 핵심이라고 여겼다. 『사랑을 위하여』는 짝사
랑한 뎀보스키 백작부인을 생각하며 쓴 것으로 독일 철학자 니체를 연상시킬 만큼
문체나 구성이 뛰어나다.

7단계, 제2의 결정작용이 시작된다. 평생 금실이 좋은 부부들이 있다. 그들은 제2뿐 아니라 제3, 제4, 제5의 결정작용을 체험하는 부부들이다. 이런 연쇄적 결정작용의 비밀을 현대 심리학과 뇌과학이 풀고 있다.

스탕달에 따르면 사랑에 빠진 남자는 다음과 같은 세 가지 생각 사이에서 길을 잃고 방황한다. 첫째, 그녀는 완벽하다. 둘째, 그녀는 나를 사랑한다. 셋째, 그녀가 나를 사랑한다는 가장 강력한 증거를 어떻게 얻을 수 있을 것인가.

스탕달은 '사랑지상주의자'였다. 그는 모든 역사적 시기는 각 시대의 방식으로 로맨틱하다고 생각했으며 로맨티시즘이 모든 시대의 핵심이라고 생각했다. 스탕달은 자신의 본명에서 따온 '벨주의Beylisme'를 주창했다. '스탕달주의'라고 할 만하다. 행복 추구가 가장 중요하다는 사상이다. 스탕달에게는 열정적인 사랑이 행복의 조건이었다.

신은 스탕달에게 로맨틱한 마음과 여성으로부터 로맨틱한 감정을 이끌어내기에는 불충분한 그다지 매력적이지 않은 몸, 그리고 로맨틱한 감정을 묘사할 수 있는 불멸의 필력을 주었다.

스탕달은 멜라니 루아종, 멜라니 길베르 같은 여배우를 만나 사랑에 빠졌고 몇 달 간 동거하기도 했다. 스탕달에게 '평생의 사랑'은 1818년에 만난 마틸드 뎀보스키 백작부인이었다. 짝사랑으로 끝났다. 폴란드 출신의 남편과 열일곱 살에 결혼하여 아들

둘을 낳고 별거 상태였던 마틸드는 스탕달을 거부했다. 마틸드가 서른다섯 살에 사망하여 비련의 감정은 증폭되었다.

『사랑에 대하여』에서 마틸드의 실명은 거론되지 않는다. 하지만 이 책은 스탕달이 마틸드를 생각하며 쓴 책이다.

『사랑에 대하여』의 문체나 구성은 독일 철학자이자 시인인 니체의 저작을 연상시킨다. 두 사람 모두 자신이 천재임을 알고 있었다. 두 사람 모두 자신의 글을 이해하는 독자층이 제대로 형성되려면 한 100년이 더 필요하다고 예견했다.

니체와 마찬가지로 스탕달의 아포리즘은 마냥 어려운 것이 아니다. 사랑에 대한 다음과 같은 스탕달의 관찰은 쉽다.

· 사랑에는 연령 제한이 없다.
· 누구도 동시에 두 사람과 연애할 수 없다.
· 이해타산이 빠른 여자에게도 속일 수 없는 사랑의 징조가 있다.
· 라이벌에 관한 한 중용이란 있을 수 없다.
· 감추지 못하는 사람은 연애하는 법을 모른다.
· 사랑하는 여자를 방금 본 남자는 다른 어떤 여자를 보아도 시력이 손상되며, 눈은 생리적인 고통을 받는다.

다음과 같은 알쏭달쏭한 말도 남겼다(비평가들에게도『사랑에 대하여』는 이해가 힘든 '이상한 책'이다. 당시 풍속이나 사회사를 알아야 재미있는 책이다).

- 사랑에서는, 다른 대부분의 열정에서와는 달리, 가졌다가 상실한 것에 대한 기억이 미래에 희망할 수 있는 것보다 항상 더 좋다.
- 사랑에 대한 모든 것 중에서 가장 놀라운 점은 그 첫걸음이다. 즉 남자의 마음속에서 일어나는 폭력적인 변화다.
- 매우 선량한 남자는 결정작용을 촉진하기 위해 다소 바람기 있는 여자를 선택해야 한다.
- 여자는 자기를 사랑하고, 그리고 자기가 목숨보다도 사랑하고 있는 남자에게 속해야만 한다.
- 연애는 문명의 기적이다.
- 문명이 고도로 발전한 사회에서 열정적인 사랑은 야만인들 사이에서 육체적인 사랑이 자연스러운 것만큼이나 자연스럽다.
- 전 세계에서 행복한 부부가 가장 많은 나라라고 주장할 수 있는 나라는? 의심할 나위 없이 개신교를 믿는 독일이다.

『사랑에 대하여』에는 다음과 같은 일반적인 이야기도 나온다.

· 타인을 위해 고행을 하는 습관을 나는 덕이라고 부른다.

· 간결한 문체로 쓸 수 있는 것은 위대한 영혼뿐이다.

· 누구에게나 호감을 사는 사람은 깊은 호감은 받지 못한다.

스탕달은 비록 남자이지만 시원적인 페미니스트로 인정받고 있다. 그는 여성은 남성과 똑같은 교육을 받아야 하며 남성과 동등한 자유를 향유해야 한다고 주장했다. 프랑스 작가이자 철학자인 보부아르는 스탕달에 대해 이렇게 말했다. "스탕달은 깊이 있는 로맨티스트였으며 동시에 분명히 페미니스트였다."

하지만 스탕달은 21세기 기준으로는 생각하기에 따라 비판받을 만한 생각을 했다. 그는 '밀당'을 주도하는 것은 남성이라고 생각했으며 다음과 같은 말을 남겼다.

· 여성은 이성보다 감성을 선호한다.

· 여성이 자신을 사랑하고 자신이 삶보다 사랑하는 남성에게 속하는 것은 권리다.

스탕달의 아버지는 변호사였다. 어머니는 스탕달이 일곱 살 때 사망했다. 스탕달은 아버지를 혐오했다. 아버지가 충분히 창의적이지 않다고 판단했다.

스탕달의 원래 꿈은 프랑스 극작가이자 배우인 몰리에르처럼 되는 것이었다. 결국 극작가는 되지 못했다. 스탕달은 군인·외교관·작가였다. 1800년 열일곱 살에 친척 주선으로 나폴레옹 군대에 입대하여 이탈리아 원정에 참여했다. 스물일곱 살에는 나폴레옹 제정의 참사원 서기관이었다. 1812년 스물아홉 살에는 모스크바 원정에 참여했다. 1814년 서른한 살이었을 때 나폴레옹이 몰락하자 이탈리아 밀라노로 이주했다. 음악, 미술, 독서, 사교 등으로 행복하게 지냈는데, 서른여덟 살 때 비밀결사대에 가담했다는 혐의로 추방당했다. 마흔일곱 살 이후에는 이탈리아 트리에스테·치비타베키아 주재 프랑스 영사로 일했다. 건강 악화로 프랑스로 돌아온 후 쉰아홉 살에 거리에서 쓰러져 급사했다.

그의 대표작 『적과 흑』의 주인공 쥘리앵 소렐은 목수의 아들이다. 당시 프랑스에서 출세하려면 군인 아니면 성직자가 되어야 했다. 보통 제목 『적과 흑』에서 군대가 적, 교회가 흑을 상징한다고 해석된다. 소렐은 유혹을 출세의 수단으로 삼았다. 결국 실패하고 사랑과 내면의 풍요의 중요성을 깨닫는다.

스탕달 일생

1783년	프랑스 그르노블에서 출생
1800년	나폴레옹 군대에 입대
1810년	나폴레옹 제정의 참사원 서기관으로 재직
1812년	나폴레옹 군대의 모스크바 원정 참여
1814년	이탈리아 밀라노로 이주
1821년	이탈리아에서 추방
1822년	『사랑에 대하여』 발표
1830년	이탈리아 트리에스테·치비타베키아 주재 프랑스 영사관으로 재직, 『적과 흑』 발표
1839년	『파름의 수도원』 발표
1842년	파리에서 사망

더 잘 사랑하기 위한
사랑문학기행을 마친 당신을 위하여

에필로그를 대신하여 내가 지은 「사랑하는 부부를 위한 기도」
와 「사랑이란」, 그리고 가수 현숙 선생님이 부른 〈사랑은〉의 가
사를 적어본다. 이 노래는 조만호 선생님이 작사·작곡·편곡했다.

　「사랑하는 부부를 위한 기도」

　우리 부부가 더 뜨겁게 사랑할 수 있도록
　힘과 지혜를 주소서

우리 부부가 더욱더 아낄 수 있도록
지식과 경험을 주소서

우리 부부가 영원히 행복하게 살 수 있도록
인내하는 마음과 용서하는 영혼을 주소서

우리 부부가 다시 태어나도 또다시 만날 수 있도록
서로 이해하는 마음을 주소서

우리 부부가 더욱더 서로를 위할 수 있도록
대화가 아주 많은 부부로 만들어주소서

우리 부부가 많이 베풀 수 있는 삶을 살게 하소서
우리 부부가 세상을 바꿀 수 있는 부부로 만들어주소서

「사랑이란」

사랑은 현실에서 멀어진 꿈이요,
사랑은 이성에서 매우 가까운 비전이요,

사랑은 더욱더 사랑하려고 꿈꾸는 삶이다.

Love is a dream removed from reality,

Love is a vision very close to reason,

Love is life dreaming to love more and more.

〈사랑은〉

노래 현숙 ㅣ 작사·작곡·편곡 조만호

사랑은 누구나 꿈꾸기에 사랑은 영원할 수밖에

사랑은 안개 속에 숨겨진 너를 닮은 모습일 거야

사랑은 누구나 가슴속에 그릴 수 있는 그림 같은 것

가까이 다가가면 갈수록 끝을 알 수 없는 그리움

내가 머물 수 있게 조금씩 너의 마음을 내게 보여줘

아, 사랑이란 진정 잊기 어려운 기억 속에 머무는 긴 그림자

아, 이별이란 또다른 모습으로 낯선 타인처럼 다가오고

비어 있는 마음속 깊은 곳에 채울 수 있는 그런 만남을 원했어요.

문학으로 사랑을 읽다

명작으로 배우는 사랑의 법칙

초판 1쇄 인쇄 2020년 2월 4일 | **초판 1쇄 발행** 2020년 2월 14일

지은이 김환영 | **펴낸이** 신정민

편집 신정민 박민영 | **디자인** 강혜림 | **저작권** 한문숙 김지영
마케팅 정민호 김경환 | **홍보** 김희숙 김상만 오혜림 지문희 우상희
모니터링 이원주 | **제작** 강신은 김동욱 임현식 | **제작처** 상지사

펴낸곳 (주)교유당
출판등록 2019년 5월 24일 제406-2019-000052호

주소 10881 경기도 파주시 회동길 210
문의전화 031) 955-8891(마케팅) | 031) 955-3583(편집)
팩스 031) 955-8855
전자우편 paper@munhak.com

ISBN 979-11-90277-25-9 03800